Isabela García Mora

Gustavo Adolfo García Zárate

Cuentos e Historias
de Soledad

Amazon 2020

Diseño de Portada: Valentina Toro

Diseño de Viñetas: Isabela García Mora

Amazon:

ISBN: 9798651270262

Índice

Dedicatoria

*A los **García Mora**,*
quienes nunca se rinden.

Isabela García Mora &
Gustavo Adolfo García Zárate

La Aurora

Andrés siempre fue un hombre alegre, desde joven visitaba la finca de su padre: "La Aurora". No importaba si era invierno o verano, o si sus padres buscaban otro lugar para pasar las vacaciones, él se inventaba cualquier excusa para pasar el mayor tiempo posible en ese lugar.

Le encantaba correr por sus campos, montar a caballo, bañarse en la piscina o en el río, si lograba que el mayordomo lo acompañara o, incluso, disfrutar de cosas tan sencillas como acostarse en el pasto a contar estrellas, muchas de las cuales eran fugaces y le permitían pedir deseos… ¡así cayeran cien estrellas, casi siempre era el mismo deseo!

A medida que fue creciendo, sus visitas a "La Aurora" fueron disminuyendo; el bachillerato y la universidad trajeron consigo cada vez más responsabilidades y, aunque la extrañaba, sus múltiples tareas hicieron que su amada finca se quedara sola, una soledad que fue más profunda cuando sus padres murieron.

La repentina muerte de sus padres hizo que tuviera que regresar de nuevo a "La Aurora", pero en ese momento dejó de ser su lugar especial en el mundo, se convirtió en una carga; ya no la visitaba para tirarse en el pasto a contar estrellas, sino para pagar cuentas.

Antes de acabar la universidad, Andrés conoció a Diana, una mujer que, de inmediato, trajo felicidad a su vida; al principio no entendía por qué su rostro le brindaba tanto amor, tanta paz e ilusión, pero sabía que había encontrado a ese alguien que todos buscamos, y por eso no fue extraño para nadie cuando rápidamente pidió su mano.

En medio de una noche estrellada y prácticamente sin luna, Andrés le pidió a Diana que caminaran por "La Aurora"; allí, en medio del campo, había una delicada tienda llena de velas, y en una pequeña mesa decorada con un hermoso mantel de seda blanco, habían dos copas de vino y un pequeño estuche con el anillo de bodas de la madre de Andrés… ¿quién mejor para tener ese pequeño tesoro que su amada?

Diana lo miró a los ojos, tomó el pequeño cofre, al abrirlo descubrió un indescriptible destello que iluminó su rostro y, al voltearse de nuevo, se encontró con Andrés de rodillas, pidiéndole que fuese su compañera por el resto de su vida; ella se agachó, lo besó y, entre lágrimas, dijo el "sí" más importante que había dado.

A la mañana siguiente, al salir de la tienda, descubrió el por qué Diana lo cautivó desde el principio; sus ojos eran azules y profundos como el cielo de "La Aurora", y sus cabellos dorados como sus cultivos de trigo; su pareja le recordaba, sin saberlo, la felicidad y la inocencia de su infancia.

Desde ese momento, se hizo realidad el deseo que le pedía a las estrellas fugaces, el encontrar y nunca abandonar a su verdadero amor: "La Aurora".

 Isabela García Mora &
Gustavo Adolfo García Zárate

La Carta

Desde el principio de los tiempos, ha habido una guerra entre el bien y el mal, ángeles y demonios han combatido y, sin saberlo, las personas somos sus armas y sus trofeos.

Somos armas cuando hacemos el bien a los demás, sin darnos cuenta, ayudamos a un ángel a brindarle la posibilidad de que este cambie la vida de esa persona; pero si lo que le hacemos al otro es el mal, le abrimos la puerta al demonio para que este entre en su existencia, y la destruya.

El demonio es tan astuto, que lo único que debe hacer es implantar una idea en el inconsciente, y nosotros somos tan débiles que con esa simple idea nos dejamos tentar. Por eso, no falta el "amigo" que te ofrece una salida a tus problemas por un rato, y caes en las drogas o el licor. El que te hace el comentario morboso y terminas irrespetando a un hombre o a una mujer o, para no ir muy lejos, el que te dice que la vida es injusta y terminas haciendo trampa o robando.

Cuando sucede una catástrofe natural, ahí no está el mal; este se encuentra en las personas que se aprovechan del dolor y del sufrimiento para saquear, para robar, como lo hacen esos "carroñeros" que prefieren beneficiarse en vez de ayudar; en cambio, hay quienes hacen lo imposible por salvar la vida de aquel que sufre.

Nuestra alma es el trofeo, y el cielo y el infierno nunca dejarán de combatir. Incluso, desde que nacemos, tenemos nuestro ángel de la guarda; muchas veces he pensado que un bebé sigue siendo un ser "celestial" hasta que empieza a mentir, como cuando finge un llanto para tener atención, por lo que creo que el demonio también envía a sus mensajeros a combatir desde el principio de nuestras vidas.

Sé que estoy bastante trascendental, pero ¿cómo no estarlo? si he decidido terminar con mi vida; ya todo está planeado, las pastillas que se usan en mi casa para limpiar metales, joyas e, incluso, la piscina, provocan un ataque cardio-respiratorio casi de inmediato; a lo mejor será doloroso, pero es muy efectivo y, definitivamente, es más penoso vivir.

***

¡Hija! Grita mi madre como todas las mañanas.

Despierta, te dije que no te trasnocharas y vi que dejaste encendida la luz de tu cuarto hasta muy tarde. Insiste.

Clara, te va a dejar el bus del colegio y si lo pierdes, te voy a castigar.

Ya estoy casi lista. Respondo.

Un par de minutos más tarde, bajo al primer piso, y sorprendo gratamente a mi madre, al estar con todo preparado para salir con el tiempo suficiente para esperar el bus, incluso estoy peinada, quedé hasta bonita, me digo a mí misma mientras sonrío.

¿Qué te pasó? Dice mi madre sonriendo.

¿Te gusta alguien? Me pregunta mientras me mira de forma pícara.

Isabela García Mora &
Gustavo Adolfo García Zárate

¡No molestes! Le devuelvo la sonrisa.

¿No puede una chica ponerse bonita de vez en cuando? Digo.

¿De vez en cuando? Hace años que ocultas tu belleza. Me dice, mientras me mira con sus párpados a medio cerrar y balancea sus hombros levemente.

¡En serio! ¡No molestes que me va a coger el día!, le digo mientras la abrazo fuertemente.

Chao. Se despide.

Te quiero. Le respondo.

Me voy en el bus pensando en esa conversación, y llego a la conclusión, que le debí haber dicho: "Te quise".

Lo más seguro es que mi madre sufrirá un poco, pero ella también tiene la culpa de que yo haya tomado esta decisión; me preocupa más mi hermano Lucas, él solo tiene 10 años y, aunque ya no es un niño, aún no entiende los problemas que sufrimos los adolescentes.

Tenía cuatro años cuando él llegó a la casa, era una cosita hermosa… ¡tan frágil e indefensa!

Siempre me inculcaron protegerlo, con el tiempo entendí que yo era su peor amenaza, pero no porque le quisiera hacer daño, ¡todo lo contrario!, quería cargarlo, darle de comer y jugar con él; entre más tiempo permanecía con mi hermano, más atención también me brindaban mis padres.

Diego, mi padre, siempre jugó con Lucas desde el principio, pero no me gusta pensar en él; incluso, llevo años sin decirle papá. ¡Concéntrate, Clara!, me digo a mí misma, ahora lo que debes hacer es seguir el plan, y dejar todo listo para escaparte en el primer cambio de clase. Será raro ver a mis compañeros solo una hora, pero quiero recorrer la ciudad por última vez, desayunar en la cafetería de Magnolia y comerme una tostada con aceite de oliva y tomate, para luego rematar con un pan de chocolate.

Deseo sentarme en los columpios del parque, y sentir el viento de la primavera, almorzar una hamburguesa artesanal con adición de queso y tocineta, sin pensar en las calorías, ir al cine sola mientras me como unas palomitas con extra de caramelo.

Quiero caminar por el bosque hasta llegar a mi sitio especial, una pequeña colina desde donde se divisa casi todo, se puede ver un hermoso atardecer y luego, las luces de las casas durante la noche. Como hace un poco de frio, la idea es tomarme las pastillas no muy tarde.

***

¡Buenos días! Me puede comunicar con la señora Mónica, por favor. Dice una voz gruesa al otro lado del teléfono.

Ella habla.

Discúlpeme por interrumpirla en su trabajo, pero le hablo del colegio de Clara.

¡Buenos días! ¿Qué sucedió?

No se angustie señora, no es nada grave, habla con el director. Esta mañana, Clara manifestó estar un poco indispuesta y dijo que se iba para la enfermería, pero no se fue para allá.

¿Y dónde está?

¡No lo sabemos!, por eso la llamamos. ¿Se ha contactado con usted, doña Mónica?

No, pero conociéndola ya debe estar en la casa, ella es bastante independiente.

Sí, la verdad nunca hemos tenido ningún problema con ella, y por eso es por lo que nos extrañó que saliera del colegio.

¡Muchas gracias! intentaré contactarla al celular; pero si está indispuesta, seguro que ya está recostada en su habitación.

Seguimos a su disposición, doña Mónica, ¡que pase un feliz día!

¡Igualmente!, chao.

 Isabela García Mora &
Gustavo Adolfo García Zárate

***

¡Clara! ¿Duermes?

Te estuve llamando al celular, pero no contestas, te traje un poco de sopa del restaurante en el que estaba con un cliente, ¡está deliciosa!, tenemos que ir con los chicos de la casa, les va a encantar.

¿Quieres que te la dé caliente?

¡Clara!

Me va a tocar subir a su cuarto, está consentida, debe seguir dormida.

Voy a entrar.

¡Clara!

¿Qué se habrá hecho esta mujer?

¿Estará enferma?

¿Será que se fugó de clases con alguna amiga? ¿o amigo?

¡Por supuesto!, tiene un novio a escondidas, y por eso estaba tan bonita, ¡esta niña me va a oír cuando llegue a la casa!

¿Aló?

¿Doña Mónica?

Sí, con ella.

Habla de nuevo con el director, ¿Cómo siguió Clara?

Mejor, muchas gracias. Esta niña me hizo mentir, ahora sí está en problemas, piensa Mónica.

Recuérdele a Clara traer la excusa médica. Deseo que se mejore.

Hasta luego, y gracias por estar pendiente, señor director.

Hasta luego.

***

Lucas, ¿Qué estás haciendo?

Hablando por teléfono, mamá.

Ya son las cinco de la tarde y sabes que tu papá llega a las seis, es mejor que te pongas a hacer las tareas.

Sí señora, cuelgo y miro los cuadernos para ver qué tengo, responde Lucas.

¡Nada que aparece esta niña, y sigue sin responder ese celular!, piensa Mónica.

Lucas, ¿Tú te sabes el teléfono de alguna de las amigas de Clara?

No señora, ¿por qué no buscas en su habitación?

¡Buena idea!, de pronto en su escritorio puedo hallar algo.

La verdad es que es muy raro que Clara no aparezca, siempre ha sido una mujer bastante calmada, no ha sido rebelde ni de muchos amigos. Su habitación está bastante organizada y, por lo que me cuentan otras mamás, no se ve muy a menudo que las niñas a esa edad sean así de metódicas.

Al ver su foto en el escritorio, me sorprende que apenas hasta ahora haya conseguido un novio, porque seguro es un hombre lo que la llevó a escaparse hoy del colegio, ¡cada día está más linda!

Tocará buscar en los cajones del escritorio algún teléfono, o algo, que me ayude a ubicarla. En este sobre seguro hay una carta de su novio y podré saber su nombre:

¡Hola, mamá! Dice el encabezado debajo de la fecha de hoy.

Te pido que leas esta carta hasta el final, por favor, no hagas nada sin terminar.

Es la letra de Clara, piensa Mónica.

¿Qué me tendrá que contar que no fue capaz de hacerlo en persona?

"Espero que para el momento en que hayas encontrado esta carta, estés tranquila para que la

Isabela García Mora &
Gustavo Adolfo García Zárate

puedas leer de una forma pausada; mi idea no es causarles ningún daño, ni mucho menos hacerlos sufrir, solo quiero que sepan mis motivos.

Diego y tú siempre me han intentado proteger, me han enseñado valores, me han dado estudios y muchas comodidades, me han dado un hermano al que adoro, y una familia que muchas de mis amigas envidian.

Es común ver cómo mis compañeras se sorprenden al entrar en nuestra casa por primera vez, mi closet, sus carros y las fotos de nuestros viajes.

Siempre he sido una niña de mostrar, sin problemas en el colegio, y sin rebeldías, con buenas notas y excelente conducta.

Nunca he discutido sus decisiones, ni he intentado imponerme, aunque no estuviera de acuerdo con ustedes, ni siquiera cuando fueron injustos conmigo.

Cuando era una niña, siempre pensaba en mis padres como en los ángeles que me había mandado Dios para protegerme, y aunque fui criada en gran parte por señoras de servicio, nunca me sentí sola, aprendí a celebrar mi cumpleaños en fechas diferentes, a recibir grandes juguetes sin pilas y no poderlos usar, y a contarle mis cosas a la almohada.

¡Nunca me quejé!

¡Nunca preguntaron!

Hace unos años, Diego comenzó a leerme cuentos por la noche, y eso me hizo sentir especial, era un momento entre mi ángel y yo, muchas veces me dijo que lo hacía porque en el día no tenía tiempo.

Después de leerme un par de hojas me daba un beso en la frente, la bendición, y me dejaba la luz del baño encendida, aunque a ti no te gustaba.

¡No sé en qué momento, ese ángel escuchó el susurro de un demonio!

El beso dejó de ser en la frente para ser en los labios.

Su mirada dejó de ser de ternura, y comenzó a darme miedo.

Sus tiernas palmadas en mi cadera se convirtieron en caricias debajo de mi falda.

Al principio, me hacía la dormida y lo veía combatir; se paraba, se sentaba, hablaba solo, y terminaba sentado a mi lado mientras me tocaba las piernas; luego se encerraba en mi baño y después de un rato, apagaba las luces y se iba.

La verdad, en ese tiempo, no entendía muy bien su comportamiento y no me importaba, hasta esa noche que llegó borracho y discutieron, ese demonio que echaste de tu pieza entró en la mía, y todo lo que debió hacer con su esposa me lo hizo a mí.

¡No puedo creer que no hayas escuchado mis gritos!

Eran dos ángeles, uno comenzó a hacerme daño y el otro no quiso darse cuenta.

No me volvió a tocar durante bastante tiempo, su vergüenza era mucha, casi igual a mi dolor.

Me empezó a regalar cosas y tú a celarnos, sobre todo cuando mis senos comenzaron a crecer, supongo que los dos ahora me veían como una mujer, y él me lo hizo sentir una y otra vez cuando tú estabas dormida.

Incluso, comencé a vestir ropa ancha, a dejar de peinarme, a no maquillarme como lo hacían mis compañeras, si en el día estaba bonita, en la noche me visitaba el demonio.

La verdad es que he pensado una y otra vez en qué hacer, pero no hay ninguna solución donde yo no los destruya de una u otra forma. Tampoco me veo en la mitad de un escándalo, y combatiendo con la mirada de la gente, de mis amigos, y de mi hermano.

Por eso, hoy he decidido acabar con esto de raíz, aunque escaparme era una opción, morir es más fácil.

 Isabela García Mora &
Gustavo Adolfo García Zárate

Quiero que sepan que no los culpo, yo soy la culpable de no haber sido capaz de enfrentar esa situación.

Por favor, dile a Lucas que lo amo.

CLARA."

***

Yo estaba haciendo las tareas, cuando escuché un grito que provenía de la habitación de mi hermana:

¡Mi niña!

La voz es de mi madre, pensé.

¡Hijo de Puta te voy a matar!

Mi madre gritaba una y otra vez.

¡Lucas! Me llamó.

Señora. Respondí.

¿Dónde está Clara?

¡No lo sé mamá!

Dime dónde está, te lo suplico. Me insistía mientras me apretaba los hombros.

No sé, ¿Qué pasó?

¡Lo voy a matar, mi niña! ¡lo voy a matar! Repetía. Sus ojos estaban completamente desorbitados, se callaba unos segundos, pedía perdón al cielo, y luego comenzaba de nuevo a decir groserías y a decir que quería matar a alguien.

Cayó de rodillas, y la abracé.

Júrame que la vamos a encontrar, que vamos a encontrar a mi niña.

Claro que sí mamá, pero ¿Qué pasó?

Tráeme el teléfono.

Ya vengo.

Al entregárselo, marcó rápidamente y dijo: "Señor agente los necesito". Dio la dirección de la casa, dejó caer el teléfono y me abrazó. Yo estaba bastante confundido.

Ella comenzó a desordenar la habitación de mi hermana, buscaba algo, no sé qué, estaba como una loca, tiró los libros de Clara, desocupó su escritorio, su closet, las cobijas de su cama acabaron en el suelo, mientras se repetía a sí misma: "Lo voy a matar".

En ese momento, se abrió la puerta de la casa, era mi padre y le di gracias a Dios, estaba seguro de que él sabría qué hacer.

Al cerrar la puerta, mi madre salió corriendo por las escaleras hasta llegar a él y, sin decir ninguna palabra, ella levantó su brazo y lo abofeteó de una forma que, incluso, en el segundo piso se oyó con claridad.

¿Qué pasa, mujer? Dijo él visiblemente sorprendido.

Ella se abalanzó de nuevo contra él, pero no pudo conectarle un nuevo golpe con la contundencia del primero.

Diego… ¿por qué lo hiciste?

¿Hice qué? Preguntaba mientras le tomaba las muñecas a mi madre.

¡Clara! Entre tantas cosas que decía mi madre, solo el nombre de mi hermana se alcanzaba a entender.

¿Qué pasó con la niña? Pregunto él.

Tú lo sabes, no te hagas el loco. El rostro de mi padre se puso completamente blanco, entró como en shock, le soltó las manos a mi madre y, de pronto, todos los golpes que ella tiraba comenzaron a impactar en su cara. Era como si quisiera ser golpeado.

En ese momento, sonó el timbre de la puerta, pero ellos parecían no escuchar.

¡Abran, es la policía! Gritaron firmemente.

 Isabela García Mora &
Gustavo Adolfo García Zárate

Mi madre abrió la puerta con rapidez. Eran dos agentes, y ambos tenían sus manos sobre sus pistolas aún sin desenfundar, pero, seguramente, por el nivel del escándalo que estaba armando mi mamá, se encontraban nerviosos.

¿Qué pasó? Preguntaron los agentes.

Este hombre destruyó a mi niña, dijo mi madre.

Yo no he hecho nada, respondió él.

Diego, ella se va a suicidar si es que a esta hora ya no lo ha hecho, dijo mi madre con la carta de Clara en su mano.

Él se quedó atónito. Se veía que no era capaz de procesar esa información. Intentaba responder, pero de sus labios no salía ninguna palabra.

¡La mataste!, exclamó mi madre.

Yo no he hecho nada, dijo él.

¡Sí lo hiciste!, dijo Clara desde la puerta entreabierta.

¡Mi niña! Gritó mi madre, mientras corría hacia ella.

Gracias a Dios estás acá, bendigo el momento en que cambiaste tu decisión. ¿Cómo fue?

Llamé a Lucas por teléfono hace poco, quería escucharlo por última vez, le pedí que no dijera nada porque me castigarían, le pregunté por su vida, y me contó lo feliz que se encontraba al compartir con Diego en las noches; él había empezado a contarle cuentos y, en ese momento, entendí que mi hermano necesitaba de un ángel.

5 Minutos

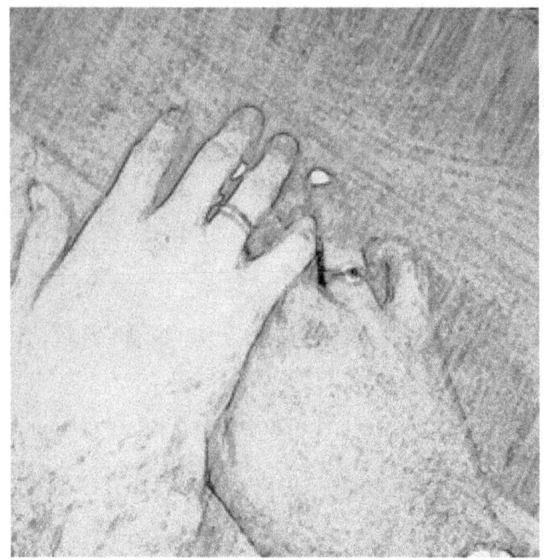

Quiero que esta carta te tome solo 5 minutos o menos, en leerla.

Es mi deseo sacarte de tu día a día, de los problemas, de esa maldita rutina que enfría nuestro amor.

Un día, mi papá me dio un consejo: "Busca a una mujer que esté dispuesta a luchar contigo, que pueda soportar las dificultades; que no se crea menos que tú para que te pueda enfrentar y ser la ayuda adecuada, pero que no se crea más que tú para que no te exija lo que no le puedas dar. Una mujer con la que puedas estar dispuesto, a pesar de todos los inconvenientes que haya en el camino, a llegar a viejitos juntos".

Juro que cuando me casé, lo hice para hacerte feliz. Después de tantos años, y con la cantidad de responsabilidades que hoy tenemos, no sé si es lo que esperabas en tu vida: Los hijos y sus interminables tareas; mis ausencias, ya sea por viajes, o porque al

Isabela García Mora &
Gustavo Adolfo García Zárate

llegar tan cansado y con el trabajo aun dando vueltas en la cabeza, ni te alcanzo a mirar; el haber tenido que dejar tu trabajo y la carrera por la que tanto luchaste; tantas cosas que anhelaste o imaginaste, que yo sé que hoy no tienes.

¿Será que hoy eres feliz? Me pregunto.

¿Será que yo soy feliz? Suspiro.

El agotamiento hace que veamos las imperfecciones de los demás, sin reconocer que es nuestra falta de amor y paciencia, la que hace que las distancias se amplíen, y que sea necesario gritar para ser escuchados.

¡Cielo, no dejes la maleta en la sala!, dices.

Mientras yo espero oír de tu boca: Hola, ¿Cómo te fue en el trabajo?

¡Listo Reina! Solo digo eso.

Mientras tú esperabas un beso y que te preguntara por tu día, por los niños, por alguno de los familiares enfermos, que te hablara del trabajo o, simplemente, darte la oportunidad de hablar de tus problemas, con otro adulto.

Ya cada vez menos recuerdo que cuando nos casamos, el sacerdote al darnos la bendición nos habló de la importancia de la luna de miel; del compartir, ojalá, en un sitio desconocido para los dos, ya que esto nos brindaría la oportunidad de conversar y hacernos compañía, que es lo que realmente sucede después de unos años de matrimonio y, no simplemente, encerrarnos en una habitación, a disfrutar de todo aquello que no se hizo de novios.

Cuando veo que te esfuerzas porque vivamos un momento especial, me siento amado de nuevo; por el contrario, cuando tu impaciencia con los niños, el dinero o tu salud te llevan a contestarme de mala manera, me quiero morir. Definitivamente, tienes tanto poder sobre mí que me asusta, me siento depender de alguien más que no soy yo, y eso me hace sentir inseguro.

La vida nos llevó a estar aislados por muchos años, tanto de otras parejas, como de la familia y de los amigos con los que crecimos. Solo tú, los niños y yo, nos teníamos.

Esta distancia con nuestras familias generó una dinámica diferente; podíamos estar encerrados sin salir por largos periodos de tiempo, hacer fiestas sin contar con nadie, salir a cenar sin tener que invitar a alguien más para tener de qué hablar, y esto muchos no lo comprenden… pero nos tenemos, nos apoyamos, y eso es lo que importa.

A veces, después de llevar a los niños al colegio, y antes de trabajar, vuelvo a casa, me siento en el sillón, estiro el brazo derecho mientras te miro y busco tus ojos, inmediatamente sonríes, comprendes exactamente lo que te quiero decir, y caminas hacia mí, te recuestas, acomodas tu hombro de modo que tu rostro quede en mi pecho; lo primero que siento es el calor de tu cuerpo, luego te beso la cabeza y te abrazo fuertemente. Cierro los ojos y confirmo que te amo y que me amas, que te entregas a mí en todo momento, aunque no dices nada, y esos 5 minutos que le robamos a la rutina, me llenan de energía para seguir luchando, ¡esos 5 minutos me reafirman que nuestros esfuerzos aún valen la pena!

Isabela García Mora &
Gustavo Adolfo García Zárate

El Pasado de Ivonne

Mi nombre es Ivonne, pero nadie me dice así, las pocas personas con las que me relaciono me llaman Iv. Desde que me acuerdo, me apasionan las estrellas, la forma de ver la vida de Carl Sagan o Neil de Grasse, desde su programa "Cosmos", ellos me han abierto la cabeza, me gustan esas personas que han sido capaces de ver más allá de lo que tenemos alrededor, tener la imaginación para poder creer vehementemente en que existe un agujero de gusano, calcular la distancia entre las diferentes galaxias, la trayectoria de un cometa o de qué está compuesta una estrella y cuándo morirá... tantas cosas que son creadas en la mente de alguien, y que son sustentadas con base en una teoría anterior o, incluso, introducida por ellos mismos. Esos sí son genios, personas que se cuestionan, que viven inmersos en una curiosidad infinita que se resiste a apagarse.

¡Muchas veces llamamos "genio" a una persona que se hizo rica distribuyendo un producto, ni siquiera creándolo, solo vendiéndolo! O peor aún, creando rimas baratas y denigrantes en un reggaetón, dejando a un lado la belleza de un verdadero poema de Neruda, o un cuento de Hemingway o Poe.

De eso ya no queda nada, dice con frecuencia mi madre, bueno así la llamo, aunque realmente no lo sea. Soy adoptada y mis padres de crianza han hecho todo lo posible para que sea feliz; eso no ha sido fácil ni para ellos ni para mí, pero lo intentan, y me llena de alegría, el pensar que hay personas que hacen lo imposible por sacar una sonrisa de mi rostro.

Ya hace tanto tiempo que se dio la separación con mis padres reales que, la verdad, no los recuerdo mucho, sé que existen y que no me querían abandonar, fue solo un accidente el que nos llevó por diferentes caminos, y no sé si murieron, o los secuestraron, o qué pasó con ellos, solo sé que algo debió sucederles, porque si no, ya me habrían encontrado, eso me digo todas las noches, y me mantiene la esperanza viva.

A veces, me siento como una hipócrita con Javier y Rosalba, mis padres adoptivos, porque ellos trabajan duro por mí y yo solo pienso en mis padres verdaderos, de quienes no recuerdo el nombre, pero sé que me querían; incluso, tengo una sencilla cadena con un dije que dice mi nombre: Iv.

¿Para qué nombrar a alguien a quien no se quiere? Me pregunto.

¡Me tenían que querer!, concluyo insistentemente.

Permanezco sola todo el día, incluso, en el colegio me llaman la "zombi", porque no hablo con nadie, pero ¿para qué gastar mi tiempo con niños que solo piensan en fútbol o con niñas que no ven la hora de tener novio?

 Isabela García Mora &
Gustavo Adolfo García Zárate

Siempre espero que sea el descanso, pero no para jugar con los demás, sino para leer algo que yo pueda elegir y no lo que me obliguen mis profesores en el "plan lector", el cual, más que motivar a los niños a leer, logra castrar la creatividad y el desarrollo de cada uno… ¿Por qué no permitir que entre un grupo de libros, cada uno escoja el que más le llame la atención, según el tema? ¡Fácil!, el profesor los tendría que haber leído todos.

Rosalba, especialmente, no ve con buenos ojos que mis amigos sean los hermanos Grimm, Andersen o Stevenson, y me presiona insistentemente para que busque compañía de personas de mi edad, pero para mí eso es un tormento; prefiero estar sola a escuchar tanta bobada junta que no llena el espíritu.

Cuando leí "El Principito" soñé con baobabs por meses, pero lo que más me llamaba la atención era la vida en diferentes planetas, la posibilidad de volar, de conocer gente interesante y, si no lo eran, simplemente poder ir hacia otro lugar.

Después del accidente con mis padres, le temía a la noche, la oscuridad me hacía recordar los gritos de mi madre y la angustia de mi padre, las luces titilantes en la calle, los golpes, el sonido del metal doblándose mientras mi cabeza pasaba rápidamente de la consciencia a la inconsciencia; fotos, imágenes sin sentido y, a la vez, dolorosas, daban vueltas en mi cabeza.

Ahora la noche es mi aliada, disfruto ver el cielo estrellado con una delgada luna creciente, o el misterioso halo lunar en las nubes, que tanto ha inspirado a los autores de relatos de terror; me gusta dividir el cielo durante el año, buscar las constelaciones y, con ellas, sus historias mitológicas detrás de cada una e, incluso, pienso en las cosas horribles que muchos de los personajes y dioses realizaron por envidia, celos, lujuria, orgullo, desengaño, y demás porquerías que brotan de los hombres desde el principio de los siglos.

¿Cómo pudo Saturno comerse a sus hijos?

¿Cómo pudo el autor llegar a esa conclusión?

¿Cómo algo tan horrible, pudo conservarse en el tiempo como una tradición?

Es fascinante pensar en la inmensidad del Universo y de la mente humana.

Debido al trabajo de mis padres, he vivido en varias ciudades del país, la mayoría son pueblos pequeños, cerca del mar o en el campo, aunque también he estado en lugares fríos y otros húmedos y recónditos, en fin, en toda clase de climas.

Javier y Rosalba son doctores en algo, experimentan con diferentes cosas que encuentran en todas partes; la verdad, ellos no me cuentan mucho, y aunque les pregunto, siempre tienen alguna excusa para no darme detalles.

Estos pequeños sitios a los que nos vamos a vivir tienen en común algo que las grandes ciudades siempre envidiarán: La ausencia de contaminación.

El poder mirar el cielo abierto sin nubes de smog, o sin el reflejo de las luces incandescentes de las casas, las calles y sus anuncios de neón, los carros y sus bocinas, hicieron que mirara con otros ojos la posibilidad de disfrutar del universo, observar tanta belleza y paz me llevaron a estar sola, a gozar de la soledad.

No quiero decir que soy asocial, realmente me siento a gusto con los demás, pero valoro aún más mi individualidad; incluso, estoy orgullosa de poder decir que he conocido a mucha gente, porque a pesar de ser del mismo país, las diferentes zonas geográficas y culturales en las que he estado, me han permitido conocer a todo tipo de personas, unos serios, otros alegres, algunos callados y otros sociables, pero son pocos los grados que he podido completar en una misma escuela.

¡Eso no importa!, otra cosa más de la que me intento convencer.

Al principio, anhelaba quedarme en un solo sitio y poder tener amigos, pero ahora disfruto analizar a las personas desde la distancia, intentar reconocer su personalidad, o simplemente, ignorarlas y leer. Hace rato asumí que yo soy la zombi.

¡¡¡Papá!!!

¡¡¡Papá!!! Me desperté gritando.

 Isabela García Mora &
Gustavo Adolfo García Zárate

¡Hija! Me dijo Javier, mientras aún corría al entrar en mi cuarto.

¿Pasó de nuevo? Me preguntó.

Sí. La misma pesadilla. Respondí.

¿Algún detalle nuevo? Insistió.

No, la misma calle, luces y sonido metálico; las imágenes como fotos, todo igual a las pesadillas que siempre he tenido, pero fue más vívido. Respondí.

Esperé a que Javier abandonara el cuarto para levantarme, definitivamente, esta vez lo sentí más, la angustia de mis padres, sus gritos... ¡Dios!, sus gritos eran en otro idioma, algo gutural, ¿seremos europeos? Me pregunté mientras iba al baño por un poco de agua.

Me recosté de nuevo, e intenté concentrarme en los gritos, quiero recordar, eso me hace sufrir, lloro, doy vueltas en la cama, pero funciona… el choque fue contra la calle, caíamos, seguro dábamos vueltas de campana, había sirenas, sacaron a mis padres, están vivos. ¡Están vivos!

Casi no dormí esa noche, la emoción me invadía el corazón, la certeza de ver a mis padres biológicos vivos me llenaba de alegría, si están vivos algún día los veré de nuevo. Concluí.

Al otro día, mientras el profesor de sociales intentaba explicarnos no sé qué, yo estaba absorta en una serie de preguntas, que no podía dejar de hacerme:

¿Será que perdieron la memoria?

¿Les habrán dicho que morí?

¿Será que me robaron?

¡Dios!

¿Será que Javier y Rosalba me robaron, y por eso vamos de pueblo en pueblo?

¿Será que estamos huyendo?

¿Será que no pueden tener hijos?

La posibilidad de tener razón, me llenaba de angustia.

¿Cómo podría hacer yo para descubrirlos?

¡Deja de pensar tonterías! me dije a mí misma, ellos me han amado, me han respetado, me han cuidado como si fuera su hija de verdad, ¡pero no lo soy!

¿Y si mis padres me están buscando, y por eso debemos huir?

En ese momento, el profesor me pregunta algo y, obviamente, no pude responder.

¿Te pasa algo Iv? Me preguntó el profesor.

No sé si fue el cansancio o la angustia ante mis descubrimientos, pero lo único que pude responder fue: ¡A usted qué le importa!

Los niños del salón soltaron en coro un ¡uyyyyyy! que entraba como un taladro por los oídos de mi cuadriculado maestro.

La clase estalló en una risa nerviosa.

Mi maestro quería responderme lo que me merecía, pero se contuvo, y su mirada asesina me recriminó por el bochornoso momento que le hice pasar. De su boca solo salió:

¿Ivonne, qué te pasa?

¡Ve para donde el director!

Mientras veía el descompuesto rostro de mi profesor, debido a la muy notable rabia que sentía, el miedo comenzó a invadir mi interior. Nunca había sido enviada a la oficina del director. Bueno, un par de veces, pero para recibir algún reconocimiento, no para ser castigada.

¿Qué van a decir Javier y Rosalba? Me preguntaba.

Salí del salón de clases bastante humillada y avergonzada con mi profesor, no me importó lo que pensaran mis compañeros, no podía apartar de mi mente a ese pobre hombre, al que había sacado de sus cabales y que no lo merecía, ¡realmente era una buena persona!

Mientras caminaba hacia la oficina del director, veía algo extraño en el pasillo, mejor dicho, dejé de ver cosas en el pasillo.

Los lockers en los que usualmente los estudiantes guardábamos nuestros libros, no estaban, tampoco podía ver los anuncios animando a nuestro equipo de fútbol, ni la vitrina de trofeos. Había quedado completamente solo el corredor.

¿Qué me pasa? Me digo mientras sacudo mi cabeza.

Cierro los ojos y, al abrirlos de nuevo, veo en el pasillo todo en su lugar nuevamente.

¿Qué fue eso?

¿Estaba soñando?

¡Fue un recuerdo! Me digo emocionada.

¡Puedo reconocerla!, es una de esas imágenes que me llegan de vez en cuando en mis sueños, pero esta es nueva, necesito información, me digo, mientras me siento en el suelo.

Cierro los ojos y procuro relajarme.

Al abrirlos de nuevo, puedo observar el "otro" pasillo.

Me levanto, comienzo a caminar despacio, y sucede algo insospechado: Veo a Javier y a Rosalba a lo lejos con sus batas blancas, entrando en una habitación.

Acelero el paso, pero no los llamo.

Al entrar en la habitación, Rosalba carga a una niña de unos tres años, mientras habla angustiada con Javier.

Debemos ayudarla, dice ella.

¡No podemos!, dice Javier.

Escucho unos gritos, los reconozco, ya los había escuchado, son de mi padre, pero ahora no son de angustia como en mis sueños, son de dolor.

Le van a hacer lo mismo que a su familia, dice Rosalba.

Javier duda.

La mira a ella y luego a la niña.

Apúrate, envuélvela en su manta, dice Javier mientras mira a la bebé.

Rosalba camina hacia el fondo de la habitación, donde se encuentra con una cama marcada con un I, luego una segunda II, una tercera III y por último…. ¡¡¡DIOS no soy Iv, soy cuatro!!!

¿Qué haces aún en el pasillo? Pregunta mi maestro.

Lo miro, y alcanzo a decirle un sentido: "Lo siento"

Camino despacio, cabizbaja, hacia la oficina del director, pero no por la vergüenza de haber hecho algo mal, sino por la cantidad de información que invade mi mente.

¡Esa niña era yo!, estoy segura.

Pero si yo soy cuatro y mis padres son I y II ¿quién es III? Me pregunto, mientras miro el dije con la inscripción "IV".

Después de ser cuestionada por mi director, y de recibir solo mi silencio como respuesta, este decide llamar a mis padres, quienes llegan en poco tiempo y se comprometen a hablar conmigo.

En estas situaciones, la buena fama te precede, y la preocupación de mi maestro, padres y director, hacen que no reciba muchos regaños, al contrario, se intentan explicar qué es lo que me sucede.

De camino a casa no hablamos mucho, fue un silencio bastante incómodo, solo al entrar por la puerta, soy capaz de romper esa barrera con una simple pregunta:

"¿Quién es tres?"

¿De qué hablas? Pregunta Javier.

Vi las camas, les dije.

¿Dónde? Responde Rosalba.

Isabela García Mora &
Gustavo Adolfo García Zárate

En un sueño o algo así, contesté.

Ellos se miraron en medio del desconcierto.

¿Mis padres aún viven?

No lo sabemos. Me dijo Javier mientras tomaba la mano de Rosalba.

¿Quién es tres? Insistí.

Tu hermano, dijo Rosalba.

¿Qué le pasó? Pregunté mientras comenzaban a rodar lágrimas por mi rostro.

Tampoco lo sabemos, dijo Javier.

¿Y qué es lo que saben? Les grité en medio de mi desespero.

Yo le cuento, dijo Rosalba.

Una semana después del accidente, tus padres se encontraban totalmente recuperados, y eso desconcertaba a los doctores, sus heridas habían sido muy serias y ahora no tenían nada. Por esa razón se había formado un equipo multidisciplinario para analizar el por qué y el cómo tus familiares se recuperaban tan fácilmente; ahí entramos nosotros, dijo Rosalba, mientras señalaba a Javier.

Pero las muestras se hicieron insuficientes, era necesario analizar sus organismos mientras se recuperaban.

¿Los torturaron? Pregunté.

Los analizamos, dijo Javier.

La verdad es que sí. Respondió Rosalba, mientras miraba avergonzada a Javier.

¿Cuánto tiempo? Continué preguntando.

Seis meses. Dijo Rosalba sin mirarme.

Era una oportunidad única de poder acabar con el cáncer, con el SIDA, con tantas enfermedades que nos hacen tan débiles, pero el dolor que les proporcionábamos era infinito, prosiguió

Rosalba. Los enfermamos, se recuperaron, los cortamos, se recuperaron, los torturamos una y otra vez.

Tu padre era el más fuerte, pero se quebró al ver que habían dado la instrucción de empezar a analizar a tu hermano y a ti, y se puso muy violento. Como no sabíamos sus nombres, simplemente los marcamos con esa cadena que llevas en tu cuello, diciendo la cama en la que debíamos ponerlos, y "III" fue llevado a otra habitación junto con tus padres; era nuestra misión llevarte con ellos, pero no lo pudimos hacer.

Huimos contigo e intentamos protegerte. Concluyeron.

Ya en mi cuarto, y viendo hacia las estrellas, me preguntaba:

¿Cuándo podré volver a casa?

Isabela García Mora &
Gustavo Adolfo García Zárate

Katherine

Cada vez que, como niña, hacía una travesura, mi madre me decía: "Katherine, la vas a pagar".

Al principio, realmente, no entendía muy bien qué quería decir, hasta que empecé a ver la relación entre esas palabras y la llegada de mi padre; unos segundos de conversación con mi madre, y la correa.

En mi hogar no profesábamos ninguna religión en especial, mi padre decía que intentaba tomar lo mejor de algunas, para criarnos tanto a mi hermana como a mí.

Lo anterior significaba, al final, que él solo tomaba lo que le convenía, para regañarnos y para hacer lo que se le viniera en gana, como sus muy recordados sermones sobre ética y moral al llegar completamente borracho, o cuando nos enseñaba que todos debíamos ser iguales, y que por eso teníamos que hacernos respetar, mientras a leguas se veía y se sentía su despreciable racismo.

Lo relativamente normal en casa, era escuchar hablar sobre el karma.

Nos hablaba como si fuera budista o hinduista, y lo hacía con la propiedad de quien dominaba el tema, lo mezclaba con otras interpretaciones, con variantes de diferentes religiones, o con la tradición popular, pero se hacía entender.

Un día, hablaba de "El que a hierro mata, a hierro a muere"; otro día, de "La ley divina"; en otras oportunidades, cuando llegaba con ínfulas de físico y un par de whiskies en la cabeza, mencionaba que "Para cada acción, hay una reacción de fuerza equivalente en la dirección opuesta" pero, sobre todo, hablaba del karma, de esa trascendencia que se le debe dar a nuestros actos, palabras y pensamientos, puesto que, según estos, tendremos una recompensa o, simplemente, deberemos aceptar las consecuencias.

La verdad es que era una vida tranquila, y nosotras respetábamos a mi padre, mientras que mi madre intentaba llevar, de la mejor manera posible, una relación que no sabíamos interpretar; supongo que así eran los matrimonios y, al menos, no se habían divorciado, como había pasado con los padres de algunos niños de la escuela.

Pero todo cambió el día en el que mi madre murió en un accidente automovilístico, y Rodrigo, mi padre, se alcoholizó completamente; me empezó a golpear y a maltratar por ser muy parecida a ella, y recordarle que ya no estaba.

No sé si él la maltrataba, lo único que sé es que no soportaba verme, su mirada era de tristeza y rabia, de amor y nostalgia, de culpa y castigo.

Usualmente, cuando Rodrigo llegaba a casa, terminaba metiendo a Dina en el sótano, porque ella le decía que era un borracho, y odiaba que le presentaran la realidad en su cara, aunque yo sé que, en el fondo, ella lo hacía para evitar que me buscara para golpearme; para mí era como decidir entre dos horrores, que me pegara o que se lo hiciera a mi amada hermana.

Él, una y otra vez, se metía en problemas en los bares del barrio en que vivíamos, cuando las personas que allí estaban le decían que no debía dejar a sus hijas solas, que era un irresponsable; él, al no soportar los regaños de sus amigos, y la mirada acusante de los demás presentes, terminaba peleándose con todos.

Ya nos estábamos acostumbrando a soportar la vergüenza de vivir con ese ser tan despreciable porque, a pesar de todo, nos teníamos la una a la otra.

Cuando estábamos solas, éramos medio felices al estar juntas y, a decir verdad, era hasta preferible que él se quedara bebiendo hasta tarde en la calle, y que no llegara a casa. Una noche, ese señor me descubrió escondiendo a mi hermana, después de que ella le armara un escándalo en un bar, y lo avergonzara en público por gastar tanto dinero en bebida; y aunque Dina lo había amenazado con que se iba a escapar de casa, lo primero que hizo fue correr a mi lado.

Cuando él llegó, abrió tranquilamente la puerta, caminó alrededor de la casa, y luego me llamó. Al estar en su presencia, recuerdo cómo iba alzando su brazo para luego descargarlo sobre mi cabeza, dejándome al borde de la inconsciencia; me amarró y, durante ese tiempo, no supe exactamente lo que pasó; las imágenes iban y venían como en medio de un sueño, en el que sabes que estás dormido y no le das crédito a lo que pasa hasta que, varias horas después, desperté completamente desatada, y con alguien que supuse que era mi hermana junto a mí, tirada en el piso.

Su rostro estaba destruido, nadie hubiera podido adivinar que era la hermosa Dina; su blanca piel ahora solo servía para hacer más visibles los moretones, su ropa desgarrada, la misma que compartíamos como el par de hermanas que éramos. El horror de imaginarme en esa situación solo aumentaba mi dolor al verme tan egoísta.

A su alrededor había mucha sangre, pero no estaba muerta, al menos no todavía, de su boca salían hilos de sangre que la iban ahogando, poco a poco. La agarré entre mis brazos y ella, con su último aliento, me dijo: "TE QUIERO". Al ver su cadáver, era como si fuera yo la muerta, el mismo color de cabello, casi la misma estatura, vestida igual a mí.

El dolor en mi cabeza no me permitía enfocar claramente, sentía pasar el tiempo por las pulsaciones en mi frente y, en medio del dolor y la ira que crecían en mi interior, mi cuerpo no aguantó más y me desmayé.

Mi hermana estaba muerta y, en medio del desespero y la incredulidad de lo que había hecho, Rodrigo, mi padre, se ensañó conmigo golpeando mi cuerpo hasta el cansancio; de nuevo me encontraba en ese sueño o pesadilla en la que no comprendía lo que era verdad, y lo que no, hasta que, al intentar ponerme en pie, me apoyé en una estantería en la que solía guardar diferentes líquidos que utilizaba para el mantenimiento del hogar y, sin fuerzas en mis piernas, halé la endeble estructura de acero donde se encontraban esas garrafas de vidrio, que nos era prohibido tocar a mi hermana y a mí.

Al caer los envases y quebrarse, se generó un estruendo que se prolongó por mis gritos, al sentir sobre mi piel y las heridas abiertas, esos líquidos que me quemaban poco a poco.

Unos vecinos llamaron a la policía, alertados por el ruido, pero llegaron muy tarde, ese animal ya se había escapado.

Después de muchos análisis, se dieron cuenta de que yo estaba muy mal. Fueron incontables pruebas y dolorosas cirugías, el sufrimiento era insoportable, pero no me rendí. Duré varios meses en ese estado porque estaba decidida a matar a mi padre, y a hacerlo sufrir por lo que nos hizo a mi hermana y a mí, eso era lo que me mantenía viva.

 Isabela García Mora &
Gustavo Adolfo García Zárate

Mi cuerpo empezó a rechazar dolorosamente todos los injertos y algunos trasplantes, lo cual evitaba que mi piel y mi organismo, sanaran. No sé quién decidió ponerme partes mecánicas que reemplazarían algunos de mis órganos, obviamente, yo no tendría con qué pagarle, pero funcionó, ¡mi organismo lo aceptó! Resultó mejor de lo que los médicos pensaban. Desperté en el cuarto de un hospital con decoraciones militares, y me mandaron a un lugar donde pudiera aprender a controlar nuevamente mi cuerpo.

Durante el entrenamiento aprendí varias cosas, a caminar y a saltar nuevamente e, incluso, a hablar; pero también entendí que no solo me querían ayudar, habían experimentado conmigo y resultó; yo había sido un conejillo de indias para, posteriormente, replicarlo en soldados mutilados en combate.

Con lo que no contaban, era con mi determinación. Era una niña con un deseo de venganza tan fuerte que hacía de mí un arma indetectable, ¡yo era un arma!, ¿Quién esperaría que alguien tan pequeño pudiera ser letal? Conocía cada pistola, cada cuchillo y cómo usarlos, un entrenamiento militar sin precedentes, sin una familia más que los soldados, casi sin alma, que entrenaban conmigo. Me gradué con 18 años, tenía solo 12 años cuando entré en ese lugar.

Pero al ser buena en el entrenamiento y, sobre todo, con las armas, comenzaron los problemas, ya que esperaban que yo cometiera crímenes por ellos, había misiones que un soldado "normal" no podría ejecutar, pero mi prioridad era otra: Asesinar a Rodrigo por lo que había hecho.

A veces, soñaba con llevarle flores a mi madre y a mi hermana, habían sido enterradas juntas o, al menos, eso me habían hecho creer, porque como estaba tan débil, no pude ir al funeral de mi amada Dina.

Yo no quería hacerle daño a nadie, realmente cada entrenamiento, cada arma que usaba, tenía un propósito, un rostro, pero ellos se enojaron y me dijeron que era una desagradecida, y que para que me dejaran libre, tenía que realizar una pequeña prueba.

Yo acepté y firmé un papel. Me dijeron que no volvería a sufrir ni sentir dolor por lo que pasó, y yo, muy ingenuamente, me dejé engañar. Me llevaron a un cuarto y me ataron a una camilla, solo tenía puesta una bata y, acto seguido, vi una luz brillante. Antes de desmayarme, sentí un inmenso dolor, era como una corriente eléctrica que recorría mi cabeza.

Al despertar, había olvidado partes de mi historia, me enseñaron unas fotos que mostraban cuando fui salvada en un incendio, y que toda mi familia había muerto. Me habían rescatado y modificado, para que pudiera tener la oportunidad de vengar la muerte de mis seres queridos, puesto que el incendio había sido provocado. Lo cual acepté con gusto.

Desde ese momento, me convertí en un arma diseñada únicamente para matar y torturar a enemigos del gobierno. Cuando salía herida, me curaban en un laboratorio, o más bien, me arreglaban y hacían mantenimiento. Tenía una vida llena de lujos y concesiones, todo el equipo médico y yo íbamos a cenas lujosas, prestigiosos conciertos, y todo aquello que deseaba se encontraba a mi alcance. Luego, me preparaban y daban la información de la próxima misión. Prácticamente, este círculo se repetía al menos 2 o 3 veces por mes y, en algunas oportunidades, hasta 4.

No estaba segura si odiaba o disfrutaba ese trabajo. Lo odiaba porque tenía que matar personas y, a pesar de ser parte máquina, seguía teniendo un alma; en mi interior algo me decía que eso estaba mal. También lo disfrutaba porque me habían metido en la cabeza, que el mundo necesitaba a alguien que eliminara a las personas malas, se requería de alguien que hiciera la justicia que los policías y agentes del gobierno no harían o no podían hacer, por tener que cumplir la ley.

Me gustaba pensar que era ese alguien. Además, me complacía el sufrimiento de aquellas personas a quienes torturaba; su dolor, su sangre recorriendo mis brazos, y sus caras con miradas que imploraban piedad, formaban un espectáculo que me hacía sentir feliz, saber que tenía el poder sobre la vida y la muerte, era su juez.

 Isabela García Mora &
Gustavo Adolfo García Zárate

Pero las personas se cansan y, lastimosamente, yo soy una de ellas, llegó un punto en el que el olor a sangre me acompañaba, aunque me bañara una y otra vez, la tortura ya no me hacía sentir bien, me llenaba de asco.

Sentía que estaba faltando algo, mi historia estaba incompleta y no recibía respuestas. Una mañana, sin querer, sin saber qué buscaba, desempolvé unos archivos que había en la oficina de mi capitán mientras lo esperaba para recibir instrucciones. Cuando terminé de leerlos, por fin sabía quién era. Sin que se diera cuenta los devolví; realmente llevaba tanto tiempo entrando y saliendo de esa oficina, que fue sencillo convencer a las secretarias para que me dejaran entrar, elaboré un plan y me escapé.

Obviamente, estaba asustada, porque si me descubrían me matarían, justo como habían hecho con otros soldados. Me buscaron durante horas, durante días.

Deambulando por las calles de la ciudad, sin saber qué hacer y sin dinero, en una noche oscura y fría, como ninguna otra que hubiera vivido, me encontré con mi destino.

Sentado en un mugriento bar estaba mi padre bebiendo cerveza, y mientras lo miraba desde afuera, retornaban a mi mente imágenes de mi pasado, mi madre, Dina y el dolor.

La furia crecía en mi interior.

Esperé a que saliera, dejé que caminara hasta su casa, quería disfrutar el momento, como cuando el depredador juega con su presa y, justo al abrir la puerta, lo noqueé y lo amarré en el sótano por un día, como él hacía con mi hermana; de vez en cuando, lo golpeaba solo por el placer de ver cómo me miraba.

Conseguí ácido, se lo esparcí cuidadosamente por las mismas partes que me había destruido a mí, y lo dejé a su suerte, para que muriera lentamente.

Al fin tuve mi venganza.

Después de esto, me dirigí al cementerio donde estaban mi madre y mi hermanita, les dejé unas flores que robé de otra tumba y me despedí. Salí de la ciudad, y ahora me encuentro en

Madrid, donde trabajo como mesera en una pequeña cafetería, y rezando porque el arma que construyeron con el cuerpo de Rodrigo, no me encuentre y cumpla con mi Karma.

Isabela García Mora &
Gustavo Adolfo García Zárate

La Mejor Parte de Mí

Aún recuerdo cómo era mi familia, antes de que el accidente ocurriera.

Mis padres estaban enamorados, y eso me brindaba seguridad, era bueno pensar en ellos compartiendo toda su vida, y mi hermano y yo, acompañándolos, aunque la verdad para mí lo más importante era precisamente él, mi hermano.

Era idéntico a mí físicamente, yo era su versión femenina.

Desde que nací, comparaban nuestras fotos y se reían al vernos tan similares, incluso, si no fuera porque él me llevaba dos años, podríamos haber pasado por mellizos, decían.

Definitivamente, éramos idénticos salvo por nuestras personalidades, él era más extrovertido que yo y eso hizo que se ganara el cariño de todos nuestros tíos, primos, amigos y hasta de nuestros padres; en cambio yo, era más tímida, y a pesar de tener otras habilidades distintas a las que mi hermano poseía, como el dibujo y la pintura, nunca fui tan reconocida ni amada como él.

La verdad, a veces sentía celos de él, de cómo lo trataban, cómo lo preferían, cómo lo miraban con respeto y admiración, mientras que a mí me miraban con pesar.

Peleábamos, luchábamos por el cariño de nuestros padres, nos hacíamos bromas, nos protegíamos, como cualquier par de hermanos e, incluso, nos encubríamos para que no nos regañaran cuando sacábamos una mala nota, o entrábamos más tarde a casa de lo que nuestros padres nos permitían. ¡Éramos felices!

¡Pero nada dura para siempre, y la desgracia llegó a nuestra puerta! Solo recuerdo fragmentos de esa horrible noche: Mi padre intentando controlar el auto, mientras este resbalaba en medio de la carretera mojada, y mi madre, quien nunca usaba el cinturón de seguridad para no arrugar su vestido, aferrada de cualquier cosa para no salir despedida por la ventana; era como estar en ese juego de las tasas que giran en las ferias, pero esta vez, los gritos eran reales, y lo más terrorífico, era que provenían de mi familia.

Él había tomado mi mano y me miraba con una tranquilidad, que nunca he podido entender de dónde la pudo sacar; me decía una y otra vez que todo estaría bien, que no me preocupara, que como mi hermano mayor, siempre estaría ahí para cuidarme.

Finalmente, nos salimos de la carretera, y el auto chocó con un árbol para el lado en el que estaban mamá y tú, luego todo fue oscuridad.

Al despertar, te pude ver junto a nuestros padres, eso me dio tranquilidad y pude dormir de nuevo.

Mi papá quedó lleno de moretones por el airbag, y con un dolor en el cuello que lo acompañó hasta el día en que murió, y mi mamá tuvo que usar una silla de ruedas por varios años, mientras su astillada columna se recuperaba.

Para cuando regresamos a casa, esperaba que todo volviera a la normalidad, entendía que la situación de mi madre haría que

 Isabela García Mora &
Gustavo Adolfo García Zárate

las cosas fueran más difíciles que antes, pero, al menos, nos teníamos el uno al otro y, especialmente, yo tenía a mi hermano, a mi protector.

Pero no fue así, tú te alejaste de nuestros padres como si los culparas. La noche del accidente, iban discutiendo y por eso mi papá no vio cuando un pequeño animal atravesó la calle y, al intentar esquivarlo, perdió el control. Fue la primera vez que los vi discutir, ahora solo pelean y, en cierta medida, entiendo por qué no quieres estar con ellos. Todo el día se señalan, mi madre desde la silla grita y llora como si estuviera loca, y mi padre, al sentirse culpable, solo responde con el silencio, mientras bebe todas las noches al lado de la pequeña mesa donde se encuentra un portarretratos con nuestra foto, en la cual se ve a mis padres enamorados, y tú y yo con una sonrisa de complicidad.

Solo nos teníamos tú y yo, era imposible contar con ellos.

Al volver al colegio, luego de la incapacidad, todo era bastante raro, no sé explicarme, pero me sentía sola, no quería hablar con nadie, no quería que sintieran lástima de mí, solo me reconfortaba estar contigo, la gran mayoría de veces ni siquiera hablábamos, solo estábamos ahí, dejando pasar el tiempo y, a la vez, sin deseos de regresar a casa.

Poco a poco, empecé a sentir cómo el ambiente se enrarecía a nuestro alrededor, en el colegio nos miraban y nos juzgaban, a veces sentía cómo hablaban a nuestras espaldas y, lo peor, sus risas burlonas, eran cada vez más sonoras.

Recuerdo que hablábamos de sentirnos inseguros, en cualquier momento las burlas pasarían a ser ataques, y eso no lo íbamos a permitir, esos hipócritas que se decían nuestros amigos, ahora promovían el "bullying" hacia nosotros, nos tiraban cosas, nos rechazaban a la hora del almuerzo, y la soledad en el aula de clase era eterna, solo el consuelo de escuchar la campana y saber que te vería en el patio del colegio, hacía esta espera menos dolorosa.

Un día, todo se salió de control, las burlas no fueron contra nosotros, se empezaron a reír de la loca de la silla de ruedas y del borracho que, día por medio, había que recoger del bar del pueblo. Recuerdo tu mirada, había fuego en tus ojos, nunca te había visto así, era como si estuvieras poseído, y sucedió lo inesperado, de una maleta sacaste la pistola de nuestro padre, y comenzaste a disparar a todos esos malditos, mientras caían uno por uno, no sabía qué sentir, la sorpresa y la satisfacción luchaban dentro de mí, solo de una cosa estaba segura, en mi interior no había remordimiento.

Poco tiempo después, solo había sangre en la cancha de baloncesto del colegio, incluso, un par de profesores que nos habían intentado detener yacían en el suelo. También eran culpables, no habían hecho nada cuando se reían de nosotros.

En medio de la confusión, logramos escapar por un par de horas, no fue mucho, pero fue nuestro momento, un último instante para nosotros.

Ahora, en una extraña habitación con almohadas en las paredes, escucho comentar a los enfermeros, cómo me encontraron en una cabaña abandonada, con tu cadáver putrefacto, el cual había desenterrado días atrás de aquel acontecimiento.

Esa cabaña era mi hogar en las tardes, y los pocos días que pudiste acompañarme, fueron los más felices de mi vida, porque después de todo, siempre has sido la mejor parte de mí.

Isabela García Mora &
Gustavo Adolfo García Zárate

Punto de Quiebre

En este hermoso país lo que sobra es talento, gente de todas las razas, valientes que se enfrentan a todas las adversidades, personas que no se rinden y persiguen sus sueños, que han luchado por la paz, contra la opresión, contra el narcotráfico, la corrupción, el hambre y la violencia, entre otros males.

El colombiano no se detiene, y esa condición ha generado prodigios en la medicina, la biología, la literatura, la astronomía y muchos más campos, entre ellos, el deporte.

Hay leyendas del boxeo, del atletismo, del fútbol, del tenis, del BMX, del clavadismo y del ciclismo, entre otros, pero estamos observando el nacimiento de una nueva estrella del "deporte blanco".

Daniela, a sus 16 años, se ha convertido en la esperanza de un país que quiere olvidar su pasado, y ser reconocido por sus logros, por sus héroes.

Esa era la introducción que le hacía Fernando al especial de ayer, que contaba la historia de nuestra "joven de oro", una chica que está por alcanzar la gloria en el día de hoy en esta gran final dice César, de la cadena deportiva FGM, visiblemente emocionado.

¡Gracias César! y buenas tardes a todos, dice Fernando, en medio de una sonrisa.

Este trabajo se había realizado un mes atrás, pero el momento más indicado no podía ser otro: "La previa de la final del torneo juvenil más importante en el mundo del tenis femenino, el Young Tennis Tournament o YTT, como es conocido más popularmente", continúa Fernando.

Dentro del programa se trataron varios temas, añadía el periodista, en medio de una cultura que añora la vida fácil, el éxito sin esfuerzo y una doble moral con nuestros ídolos; los deportistas son juzgados rápidamente por una baja de nivel, por ser vistos en algún restaurante o bar; el segundo puesto es el primer perdedor, dice un colombiano promedio, sentado en un sofá. Si eres exitoso, debes ser el mejor, y si aparece alguien que te supera, el pueblo condena inmediatamente al jugador por no conseguir la medalla de oro.

Muchos de los que tienen acceso a generar opinión, sesgan la información. El amarillismo es lo que más vende, y si el titular de la derrota viene acompañado de un "seguro está en malos pasos", llamas la atención y luego, en el desarrollo de la noticia dejas la duda, creas la cizaña mencionando que el deportista está haciendo algo malo, que está viejo o no se esfuerza lo suficiente, te aseguras el rating o vendes más copias, porque en este país se dice mucho: "Piensa mal y acertarás".

Pero enfoquémonos en el partido, en su salida a la cancha a través del pasillo que hay entre las tribunas, un frío saludo entre las dos contendoras fue suficiente para reavivar su pasado, ambas se conocen y saben qué pueden esperar la una de la otra, su relación siempre ha sido de admiración y rabia, a ninguna de las

    Isabela García Mora &
Gustavo Adolfo García Zárate

dos les gusta perder, y la impulsividad de la juventud ha creado en ellas una creciente rivalidad.

Ya en la cancha, y sin sus chaquetas de presentación, vemos que la chica colombiana luce un vestido amarillo claro de una sola pieza, con el logo del patrocinador y los bordes de color blanco, una trenza debajo de su gorra contiene su cabello marrón. Por su parte, la rusa viste una camisilla blanca y falda roja; su cabello dorado es sostenido por una cola de caballo.

El primer reto para los aficionados es definir cuál es la más bonita; definitivamente, si ambas llegan al profesionalismo, no les faltarán los contratos de publicidad a ninguna de las dos.

Durante el calentamiento, pudimos observar a estas hermosas jóvenes muy concentradas, pasando la pelota mientras se miraban fijamente; incluso la televisión nos dejó una postal, comparando los grandes ojos café de Daniela y el profundo azul que hay en la mirada de Anna, en pantalla dividida parecen mirarse frente a frente, retándose como un par de luchadoras.

Mientras está en el aire la moneda para el sorteo, Daniela nunca deja de mirar a Anna, realmente es intimidante… Cruz, ¡gana la colombiana!, y se aleja de la red con una gran sonrisa a la que el público responde con algarabía, hay muchos compatriotas en las gradas.

La pelota es lanzada al aire para ser impactada por Daniela de una forma completamente violenta; la chica rusa no alcanza a reaccionar, el estadio sigue mudo, mientras la colombiana empuña su mano, estalla la barra emocionada con lo que puede venir, Anna sigue en su puesto mientras Daniela cambia de lado. Estamos ante la consolidación de una estrella del Tenis, 15-0, y se auguran grandes cosas para la latinoamericana.

La aceleración en el revés de Daniela no es normal, Anna no ha podido atacar el flanco izquierdo de la colombiana, porque cada vez que lo hace, recibe una respuesta incontenible, se supone que es su lado débil, se nota nerviosismo en la rusa cuando manda la pelota a la derecha de la cafetera, como llaman a los colombianos en referencia a su producto más emblemático, es como si lo hiciera sabiendo que el drive que vendrá la pondrá un punto más abajo.

La técnica de la sudamericana para dar los golpes, y su agresividad cuando sube a la red, están dejando sin argumentos a la euroasiática. Todo un paseo este primer set, un contundente 6-2 dejan a las gradas como un carnaval de Barranquilla. Mientras se dirige a su silla, Daniela mira el palco donde su familia la está viendo con orgullo.

Estoy cerca de conseguirlo, se dice a sí misma.

Acá tenemos a una luchadora, dice muy emocionado Fernando.

Mientras está sentada, comienza a recordar que, durante la entrevista, dio detalles de los sacrificios que tuvo de niña y la eterna compañía de su padre, quien la "protegió" de no desconcentrarse con trasnochos, amigos o novios; incluso, para su fiesta de quince años tuvo que complementar con los hermanos de sus amigas, porque no conocía suficientes hombres para equilibrar el baile.

Había estudiado en un colegio de monjas y, aunque la apoyaron en sus giras, eran bastante estrictas. Rápidamente comprendió que era menos desgastante el hacer la voluntad de alguien más, que luchar.

¿Qué pasó en este set? Le pregunta sorprendido Fernando a César.

No lo sé, es otra. Responde Javier, buscando algo que decir.

Solo van 10 minutos, y se encuentra perdiendo 3-0 con un quiebre abajo.

Repitió una y otra vez los mismos errores. ¿Cómo va a corregir este juego haciendo lo mismo?

Borg decía: "Si tienes miedo a perder, no mereces ganar".

Está jugando este segundo set como una novata.

Sigue su saque, ojalá retome el nivel del primer set. Continúa la transmisión.

Daniela mira a su alrededor, pero no está en su rostro esa mirada de asesina que media hora atrás, tenía sin reacción a su rival, ¿qué estará pasando por su cabeza? es lo que todos se preguntan.

Al levantar la cabeza, Daniela cae en cuenta de la reacción del público, de su desconcierto, de su silencio, mientras se pregunta: ¿Qué está pasando?

"No cambies lo que te estaba haciendo ganar".

"Concéntrate"

"No te aceleres para que no te equivoques".

"Tranquila" Seguía diciéndose a sí misma.

César sigue con la narración: La pelota de nuevo al aire para el saque, y la colombiana retoma el juego con un As.

¿Viste Fernando, cómo se anima sola? Dice el periodista.

¡Claro! ese "Vamos" lo sentimos todos en Latinoamérica.

30-0, 40-0, la tenemos de vuelta.

¡Un buen saque y estamos de regreso en el set!

Piernas abiertas, cuerpo extendido y girando sutilmente sobre su pie de apoyo, ¡su postura es impecable!

De la raqueta de Daniela, sale un misil que su rival solo consigue responder con un globo, que le da la oportunidad de sacar un smash que rebota hasta el segundo piso del estadio, el cual, estalla en una ovación donde las miradas se cruzan y se felicitan por poder estar viviendo ese momento. Ella levanta su brazo izquierdo y su euforia se confunde con la de los aficionados, como lo suele hacer Rafa Nadal, uno de sus grandes ídolos.

Al otro lado de la cancha, se puede ver la cara de terror de su rival, quien se da cuenta que no tiene nada que hacer contra ella. Falta, doble falta, 15-0, arriba y lista para quebrar el saque de la rusa. Nuevamente falta, se nota dentro de esos ojos azules el nerviosismo, después de la exhibición del punto anterior, Anna quedó desconcertada.

La latina sabe que Anna no hará una segunda doble falta, y asegurará el servicio, por lo que se apresta a atacar cualquier bola que envíe y, dicho y hecho, la rusa deja una bola flotando sobre el campo de la colombiana, y esta ataca de nuevo con una volea al cuerpo que, por poco, la impacta, por lo que su rival le recrimina, mientras el público responde con total silencio como si la bola siguiera en juego, y solo es interrumpido por la misma colombiana nuevamente con un ¡Vamos!, levantando de nuevo su brazo, pero esta vez sin la complicidad de los asistentes.

Al sentirse sola, mira a su padre, quien con una mirada le pregunta: ¿Qué fue eso?

La verdad, es que Daniela no parece comprender, esa era una de las muchas tácticas que había usado en el pasado, la diferencia es que ahora todo el mundo los ve por televisión, ¡hipócritas! piensa.

¡Yo soy la que ganaré!, piensa.

Ese trofeo es mío.

Yo fui la que se despertó temprano, yo fui la que lloré, yo fui la que luchó.

¡Hay que acabar con ella!

Anna, visiblemente nerviosa, cede su saque, y ahora Daniela tiene la oportunidad de validar el quiebre, 3-2.

Daniela toma la bola para hacer el servicio, la lanza muy alto y, antes de impactarla, mira de reojo a su rival, y justo a esa zona, viaja a 180 km/h una bola que parecía un proyectil, y golpea en la cadera a la rusa. Otra advertencia más por parte del juez, y las personas enmudecen de nuevo.

¿Qué piensas Fernando? Pregunta César.

La colombiana está fuera de control. Concluye el periodista.

30-0, 40-0 y 3-3 en el segundo set. Tímidos aplausos y una pequeña barra de colombianos, en la parte alta del estadio, son los únicos que celebran.

Las cámaras enfocan el palco de la familia de la colombiana, y hacen cambios con el rostro confundido de Felipe, su entrenador.

Se van al descanso y Felipe la llama. Discute con ella; la colombiana se tapa la cara con la toalla, mientras pide un tiempo y se dirige al baño, se mira al espejo y se pregunta:

¿En qué me he convertido?

Los periodistas conversan dentro de la transmisión, no comprenden la actitud de la colombiana, es un deporte con ética de caballeros, dice César.

Ella juega muy bien y, cada vez que tiene la oportunidad, deja la bola corta, pero desde joven le critican esa jugada porque dicen que es para humillar, dice Fernando.

En el reportaje manifestó que esa no es la idea, reconoció que es una jugada que hace ver mal a los rivales pero que, simplemente, la hace porque le sale bien; también recalcó que ella no es hipócrita como aquellos que piden perdón cuando la bola parece trepar la malla, cae al otro lado de la cancha, y por dentro están festejando el punto.

Es una mujer con mucho carácter. A veces no la sé leer. Concluye Fernando.

Vuelve Daniela del tiempo pedido, está visiblemente afectada, con la cabeza abajo saluda a Anna cuando se cruzan mientras cambian de lado; cuando por fin mira al frente, sus enormes ojos manifiestan tristeza y vergüenza.

Retoma la rusa 15-0, se defiende la colombiana 15-15, pero no celebra.

30-15, 40-15 a favor de la chica de blanco y rojo.

Saca Anna, y la latina responde con un hermoso revés paralelo que obliga a correr a la euroasiática hasta la esquina de la cancha, difícilmente alcanza a responder y al tener nuevamente la bola en su campo, se ve sorprendida al intentar dejar la bola cerca de la red; su mal movimiento permite que la pelota se vaya más larga de lo que esperaba, mientras trastabilla, la colombiana, al verla casi derrotada, aprovecha la ocasión para hacerle un globo que empieza a celebrar antes de tiempo, porque su rival reacciona rápidamente, va de nuevo hacia el fondo y, de espaldas, abre las piernas mientras golpea con fuerza la bola, y gana el punto.

¡Impresionante! Dice Fernando.

No hay otro calificativo. Dice César.

4-3 arriba la rusa.

Fernando comenta que, en la entrevista, Daniela le había contado que, en un torneo anterior, su rival la había hecho quedar muy mal con una jugada imposible, y que eso la había desestabilizado; que era consciente de que aún no era lo suficientemente fuerte mentalmente para afrontar todos los momentos del partido, que muchas veces era ella la que perdía, y no era la otra la que ganaba.

Había entrado a minitenis a los 4 años, y mientras más avanzaba en los niveles de entrenamiento, más sola se quedaba y, en ocasiones, cuando estaba en su cuarto, al no tener a quién llamar, añoraba un deporte de equipo.

Siempre miraba a su padre cuando la podía acompañar al entrenamiento, observaba su rostro de orgullo al escuchar a los entrenadores hablar de su potencial; por su cabeza nunca pasó la idea de decepcionarlos, así que, simplemente, en cada entrenamiento, daba lo mejor de sí.

Al principio, tuvo un entrenador que le habló de la elegancia y el porte para jugar; Anselmo fue un viejito muy purista, un verdadero caballero, decía Daniela mientras sonreía con nostalgia… cuando él murió, pasó por entrenadores de todos los estilos, incluso, tuvo uno que la hacía sentir incómoda cada vez que le explicaba cómo sacar, porque ella sentía que se sobrepasaba.

Su padre la había apoyado toda la vida, y fue muy difícil para él mantener el ritmo económico que demandaban los entrenamientos y los torneos; a veces era necesario viajar y solo me podía acompañar, o mi papá o mi mamá, no había cómo pagarle al entrenador para que viajaran los dos. Aunque mi papá nunca me lo ha dicho, estoy segura de que él esperaba poder pagar sus deudas con lo que ella llegara a ganar, y eso es una presión adicional. Manifestaba la chica en la entrevista.

5-3,6-3. La rusa iguala la serie. 1-1 en sets.

Daniela se dirige al baño, y su padre se las arregla para poder llegar hasta ella.

¿Qué te pasa? Le pregunta el papá.

No lo sé, dice Daniela mientras se lava la cara en el lavamanos.

No es mejor que tú y lo sabes, le responde su padre.

Es buena, contesta la chica.

Es tu oportunidad, le dice su padre mientras la mira bastante angustiado.

Papá es que… Dice Daniela.

Siempre serás mi bebé. Le dice él mientras se miraban fijamente, para terminar fundidos en un fuerte abrazo.

No hablaron más, hasta que el entrenador los interrumpió avisando que el partido debía continuar.

Este tercer set es un recital de grandes jugadas, la rusa con el set anterior ha ganado confianza, y ahora la colombiana parece disfrutar el momento, dice Fernando.

¡Esto sí es tenis! Si las ves puedes notar que, incluso, hay complicidad entre ellas, se sonríen, se felicitan, aún durante la mitad del set, cuando cada una quebró el saque de la otra. Definitivamente, para ambas, todos los puntos son iguales, no hemos visto que renuncien a ninguna bola, ¡sin importar el momento, siempre se esforzaron! Comenta César mientras intenta concentrarse en la transmisión.

Al final de la entrevista, le pregunté a la colombiana por su futuro, y me habló de que el principal patrocinador de ropa deportiva le estaba ofreciendo un contrato millonario si ganaba este torneo y podía mantenerse entre las 20 primeras tenistas de la clasificación mundial; hay mucha presión sobre ella, si gana, se asegura al menos 5 años más de tenis al máximo nivel.

Después de todos los giros que ha tenido este partido, llegamos al final con un tie break; recuerden que cada jugada significa un punto, hasta que el primero en llegar a 7, con diferencia de dos puntos, gana.

1-0 Avanza la colombiana.

1-2 Sostiene el saque la rusa y pasa al frente.

3-2 Daniela no se rinde y toma la delantera.

3-4 Anna reacciona y se acerca al triunfo.

5-4 De nuevo arriba la hermosa latina, queda a dos puntos de la victoria.

5-6 Sorprenden a la cafetera, si Anna logra quebrar el saque de la colombiana será la nueva campeona.

Es un punto decisivo. ¿Fernando, qué puede estar pasando por su cabeza antes de este servicio? Pregunta César.

La colombiana se dispone a sacar, la pelota toma una buena elevación, la raqueta impacta con fuerza y falta.

Se le nota el nerviosismo a la colombiana, ¡qué mal momento para dudar!

Puede asegurar el golpe, pero le daría la oportunidad a Anna de que la ataque, o puede sacar con fuerza e intentar ganar el punto directamente. Esas son sus opciones, dice César.

Daniela se seca el sudor, pivotea dos veces seguidas la bola, mira hacia el palco donde está su familia y cruza la mirada con su padre, él reconoce en su hija los tiernos ojos de una niña confundida a quien siempre ha amado, para luego solo levantar levemente sus hombros, y ella vuelve su mirada a la pelota.

 Isabela García Mora &
Gustavo Adolfo García Zárate

La bola es lanzada al aire, la colombiana salta y, antes de impactar la bola, esboza una pequeña sonrisa que nadie percibe por la velocidad del movimiento, a 190 km/h esta bala impacta con la red y corona a la rusa como la nueva número uno juvenil del tenis mundial.

Pasar y Pasar

Raúl todos los días se levanta muy temprano, se sirve un vaso de agua y se toma su pastilla para controlar la tiroides, una de las pocas herencias que le dejó su madre.

Religiosamente realiza las oraciones de la mañana y lee el evangelio del día. Antes iba a misa de siete, pero su entusiasmo por ese ser superior ha ido menguando con los años y, como, al fin y al cabo, no le hace daño a nadie, no cree que sea necesario ser tan "hipócrita".

Acaba exactamente media hora después, tiempo que le sugirieron sus doctores para poder desayunar sin dañar el efecto de la pastilla; siempre lo hace con café con leche, jugo de naranja, arepa con queso o huevo y un pequeño pan. Antes solía comprar su desayuno en un modesto restaurante cerca de su trabajo; sin embargo, siente cada vez más frecuente que sus obligaciones se encarecen, superando a su salario, y ni modo de pedir un aumento, no vaya a ser que eso enoje a su jefe y pierda su empleo.

 Isabela García Mora &
Gustavo Adolfo García Zárate

Siempre ha vivido con miedo a los demás, a sus reacciones y, sobre todo, a ser juzgado; igualmente, tiene el temor de no ser esa persona que todos esperan, sobre todo su madre, quien le hizo sentir que solo era amado cuando hacía bien las cosas. Ella nunca lo trató como a un niño, debía ser el primero de la clase, para así ella poder jactarse delante de los demás padres cuando entregaran las calificaciones, y ufanarse con sus familiares y amigos de lo bien que estaba haciendo su labor como educadora.

Para cuando se dio cuenta, su niñez había acabado, así, sin más ni más. Todos sus conocidos del colegio no dejaron de ser solo eso… conocidos... ya que ninguno de ellos decidió ser su amigo, a pesar de ser él tan buena persona o, al menos, eso pensaba de sí mismo.

A decir verdad, cuando a Raúl lo invitaban a jugar fútbol, si él tenía que estudiar, pensaba muy a menudo: ¿Por qué no hacen primero sus tareas como yo, y así todos podríamos jugar más tarde? Bueno, viéndolo bien, no podía ser muy tarde, porque había que madrugar al día siguiente y ¿los sábados? Clases de inglés y ¿los domingos? Misa y, claro está, tocaba visitar a la abuela… ¡la verdad es que no tenía mucho tiempo!

Pero ese esfuerzo no fue en vano, se ganó una beca en una de las mejores universidades del país, un reconocimiento que su madre utilizó para ponerse otra medalla como la gran educadora que era y él, ¿qué recibió? un trabajo adicional, porque para conservar la beca era necesario mantener un promedio que le obligaba a estudiar más que los demás y, al mismo tiempo, unas asesorías que debía dar para ayudarse económicamente.

Para cuando se dio cuenta, su juventud había acabado, así, sin más ni más. Todos los conocidos que tuvo en la universidad no dejaron de ser solo eso… conocidos… ya que ninguno de ellos decidió ser su amigo, a pesar de ser él tan buena persona o, al menos, eso pensaba de sí mismo.

A decir verdad, si a Raúl lo invitaban a bailar, pero tenía que estudiar, pensaba muy a menudo: ¿Por qué no hacen primero sus tareas como yo, y así todos podríamos bailar más tarde? Igual que en el colegio, había que madrugar al siguiente día y no se hable de la plata, ¿cuántos niños ricos debía asesorar para poder tomarse una cerveza con sus compañeros?

Después de cinco años, de esfuerzos y de trasnochadas, Raúl se graduó. No pudo estar entre los mejores porque, al fin y al cabo, había gente muy inteligente en su universidad, fue un graduando más, pero con un problema… ¡sin contactos!

La práctica empresarial la realizó en una pequeña sociedad de contadores en la que aprendió muchísimo, le tocaba hacer de todo debido al tamaño de esta, desde sacar fotocopias hasta las presentaciones para captar nuevos clientes; desde servir café hasta desenredar los estados financieros de pequeños contribuyentes. Aprendí mucho, pensaba Raúl con orgullo, no me pagaban, pero aprendí, no como aquellos compañeros que se encontraban en grandes empresas, puestos en los que no se hacía mucho y pagaban bien, pero a los que se accedía con la llamada de sus padres, y no por mérito propio. Algunos de ellos eran buenos, y de otros pensaba: ¡Pobres empresas!, ¿Cómo estarán de mal que tienen que contratar a cualquier cosa? Se reía y suspiraba al tiempo, como intentando convencerse a sí mismo de que tenía la razón.

Raúl tomaba el metro siempre a la misma hora en la estación 165, ya conocía toda la rutina dentro de la estación. Que espere detrás de la línea amarilla, que no descuide sus pertenencias, que el siguiente tren no para en tal y tal estación, que le ceda el puesto a los más necesitados, que no empuje, que no coma dentro del vagón…

Pero lo que más le llamaba la atención, era que algunas personas tenían rituales como él; estaba siempre el señor de corbata y paraguas, que tomaba el periódico gratuito, pasaba rápidamente las hojas hasta llegar a los deportes y, cinco estaciones más adelante, salía y corría hacia las escaleras.

La señora del aseo, que hablaba por el celular con su "manos libres", y entre lo que se alcanzaba a escuchar, siempre estaba quejándose por plata o del marido y su forma de tomar cerveza, o también de lo vicioso que era su hijo.

Isabela García Mora &
Gustavo Adolfo García Zárate

Además, estaba la chica que entraba una estación más adelante, y que siempre buscaba en el fondo del vagón, quién sabe a quién. Raúl siempre asumió que ponía ese rostro seductor esperando encontrar el amor de su vida, pero nadie la alzaba a mirar. No es fea, pero tampoco es la más bonita, pensaba él.

Siempre había estudiantes leyendo algo que, muy seguramente, seguían sin entender, y que esperaban comprender antes de llegar a la universidad. Veía a decenas de personas que ya alcanzaba a distinguir, pero no se atrevía a saludarlas, y también a las que nunca conocería realmente.

Últimamente, era común que Raúl se perdiera en pensamientos sin sentido, mientras miraba a través de la ventana del metro, incluso, ya reconocía algunas casas, si el río estaba crecido o no por las lluvias, o las zonas en que se situaban los indigentes para lavar su ropa.

Normalmente, era el primero en llegar al trabajo, llevaba muchos años haciéndolo, salvo los fines de mes cuando uno que otro compañero, debía ponerse al día con lo que no había hecho, pero debía cumplir con los plazos establecidos. Para Raúl, era muy frustrante cuando alguno de ellos recibía las mejores cuentas primero que él, incluso, en más de una ocasión, le tocó ayudarlos para que la firma no recibiera una mala publicidad; trabajaba hasta tarde, sin reconocimiento y sin la bonificación que le daban a aquel otro contador irresponsable.

Era normal verlos beber los viernes en la tarde dentro de la oficina, aunque estaba prohibido, el jefe realmente no decía nada, era una de esas reglas que nadie cumple en una empresa, y que solo es usada como excusa para despedir a alguien. Luego iban al bar del frente y, aunque más de uno era casado, era común escuchar sus historias de conquistas y divas borrachas.

Algunas veces lo invitaban, pero sentía que lo decían por cumplir y que, incluso, si llegaba a salir con ellos, muy probablemente, sería el hazme reír de la noche al no ser capaz de beber como los demás o, peor aún, ¿Cómo sería él abordando una mesa llena de mujeres?... Ni pensarlo… ¡no podría!

Una vez Marcela, la chica del metro, comenzó a mirarlo día tras día, la mirada dejó de ser hacia el final del vagón para centrarse en sus ojos. Raúl se sentía avergonzado, era como si fuera escrutado, no sabía hacia dónde mirar, pero eso sí, al siguiente día se ubicaba en el mismo lugar y a la misma hora, esperando verla. Algunas veces se colocaba junto a él y le hacía un par de preguntas sencillas como la hora, alguna dirección, o cualquier cosa que rompiera el hielo, pero que él, a fuerza de lidia, le respondía. Se le hacía muy difícil descifrar su sonrisa, tanto, que un día llegó a la conclusión de que esa mujer se burlaba de él y de su timidez.

Raúl se aseguraba de verla tomar su transporte todas las mañanas, pero comenzó a evitarla dándole la espalda, acción que produjo que la sonrisa de ella, dejara de aparecer al entrar al vagón e, incluso, dejó de viajar a la hora en que él usualmente lo hacía, para no sentir su rechazo.

¡Así es mejor!, se decía, al verla de lejos.

Con el tiempo, ella empezó a salir de la estación con Juan Esteban, uno de los jóvenes que, usualmente, estudiaba mientras llegaban a la universidad. Al principio, solo hablaban, luego se besaban y, no mucho tiempo después, incluso, entraban juntos al vagón del metro.

¡Es lo mejor, me debo concentrar en mi trabajo!, incluso, se va a abrir una convocatoria el mes siguiente para reemplazar a un compañero que, sin ser el más brillante, se ganó una beca para estudiar en el extranjero; eso es lo más importante ahora, se dijo.

Un día, mientras compraba un libro, se encontró con el señor del paraguas y el periódico, se veía feliz mientras abría la puerta de un bonito Renault, no era el último modelo, pero, seguramente, con bajo kilometraje. Raúl siempre quiso un auto y aunque le podían prestar el dinero en la empresa, era mejor no endeudarse, ¿Qué pasaría si perdiera su trabajo y no lo pudiera pagar? De pronto, al ganar esa anhelada promoción, se podría dar ese gusto, al fin y al cabo, aún disfrutaba el viajar en metro.

Isabela García Mora &
Gustavo Adolfo García Zárate

Raúl empezó a llegar, incluso, más temprano a la oficina para que su jefe viera el compromiso que tenía con la empresa, también almorzaba en su puesto de trabajo y salía más tarde.

Una de esas noches, se encontró con la mujer del aseo, pero la vio sin su delantal blanco, y cayó en cuenta de que llevaba días sin verla. La saludó como si fueran viejos amigos y ella, un poco confundida, le devolvió el saludo.

¿Cómo va tu vida, Doña Rosa? Preguntó Raúl bastante eufórico.

Muy bien. Sí señor, respondió la señora sin tener ni idea de su nombre.

Hace rato que no la veía en la estación, afirmó Raúl.

¡Me ascendieron!, dijo.

Ahora debo coordinar que todo en la estación esté impecable, ya no soy yo quien trapea. Añadió la mujer con una tierna sonrisa en su rostro que denotaba orgullo y vergüenza al tiempo.

¿Cómo están tu esposo y tu hijo? Continuó él.

Bastante extrañada, pero con ganas de contestar, Doña Rosa le cuenta con detalles cómo es que se divorció y que eso había cambiado la vida de su hijo, quien pidió ayuda, y ahora está próximo a salir de un centro de rehabilitación.

Luego de despedirse, Raúl continuó el camino hacia su casa, y pensó en la alegría de aquella señora, mientras hablaba de su nuevo trabajo y de la tranquilidad de no tener a un borracho a su lado; es entonces cuando se descubrió a sí mismo, viendo la ciudad a través de la ventana del metro, deseando un cambio.

Pero ese cambio llegará cuando esté en mi nuevo puesto: Coordinador del área contable. Raúl el jefe, así me llamarán, y dirán: "Se lo merecía". Se sentía como cuando era niño, buscando la aprobación y el respeto de los demás.

La semana siguiente, ya pasado el alboroto del fin de mes, Raúl se aproximó en la tarde a la oficina de su jefe para decirle cuánto deseaba competir por ese nuevo cargo, tocó la puerta y estaban Octavio, el dueño de la compañía, y Martín, aquel a quien todos querían porque era uno de los que fomentaban la fiesta de los viernes. Saludó y, antes de que pudiera decir algo, le comunicaron el orgullo que sentía la empresa, de que su compañero se hubiera postulado para el puesto de coordinador.

Raúl no sabía qué hacer, se sintió morir, todos los sueños se le vinieron abajo, ¿Por qué él?, ¡precisamente él!, se decía, ¡nunca podría vencerlo!

Raúl le dio la mano a Martín, no sin antes brindarle su apoyo y expresarle cuánto lo merecía, aunque realmente no lo sintiera, se despidió y se dirigió hacia el metro, se sentó, miró hacia la ventana y en su reflejo vio a un hombre ya no tan joven, que dejó su vida pasar y pasar.

Pocos días después, en las horas de la tarde, dentro del metro se siente que el vagón frena en medio del camino; disculpen las molestias, pero nos encontramos en una situación que debe ser corregida antes de llegar a la estación 165, dice la voz de una mujer por los parlantes mientras se miran Juan Esteban y Marcela. Él la observa y la siente angustiada, le pregunta: ¿Qué sucede?, a lo que ella responde, una vez leí que los suicidios en las estaciones eran más de los que se reportaban, solo que, para no incitar a otras personas para que lo hagan, no se hacían públicos. ¡Qué triste!, dijo él, morir y solo conseguir que los demás lleguen tarde a su casa.

Isabela García Mora &
Gustavo Adolfo García Zárate

La Tumba

¿Cuánto llevaré acá?

¿Sigo vivo?

¿Qué está pasando?

Me siento muy confundido, aunque abro los ojos no puedo ver nada, y aunque intento enfocar mis pensamientos para poder entender qué es lo que sucede, el dolor de cabeza es tan grande que no me puedo concentrar.

Mi boca sabe a sangre y tierra, todo el cuerpo me duele y, aunque quisiera gritar para desahogarme, por alguna razón, sé que no puedo hacerlo, así que decido esperar, aunque nunca ha sido mi mayor virtud.

Empiezo por tocar mi cuerpo para entender de dónde viene el dolor, y lo primero que siento es un traje grueso bastante húmedo, es de manga larga, y mis pantalones terminan en botas que se encuentran ceñidas hasta la pantorrilla. Mis ojos comienzan a acostumbrarse a la oscuridad y descubren un traje verde, es en realidad, un uniforme camuflado, debo ser un soldado.

Intento incorporarme, pero no puedo, el dolor es muy intenso, especialmente en el pecho, pero no logro encontrar con mis manos ninguna herida, incluso, el uniforme no parece tener ningún rasguño, algo metálico suena y me doy cuenta de que es mi placa, hago un esfuerzo para levantar mi cabeza y alcanzo a distinguir un grabado que dice: Mora G. seguido por un número, luego O+ y, por último, católico.

Me llegan a la memoria imágenes de mi Cabo Ochoa, pidiéndome que haga 20 lagartijas más, conmigo hay otros haciendo los mismos ejercicios y, aunque me cuestan, los disfruto, siempre quise estar en la armada, sonrío.

Tengo un sentimiento cercano a la felicidad, comienzo a recordar a mis compañeros de batallón, mientras se hacen bromas entre ellos a la espera de alguna misión. Todos presumen de su valentía y de las mujeres con las que han tenido alguna relación, ¡es increíble la cantidad de mentiras que se alcanzan a decir los hombres, cuando se encuentran solos, con el fin de no mostrar la vulnerabilidad que han tenido frente a una dama!, y aunque muchos desconfían de aquellas historias, ¿Qué hacemos los hombres ante esta situación? Fácil, pedimos más detalles.

Si no fuera porque estaba dentro de un hueco, sin poderme mover, en medio de un silencio sepulcral, completamente solo, y sin entender qué estaba haciendo allí tirado, hasta habría disfrutado el momento…

Quisiera descansar un poco… la presión en el pecho me debilita y lo único que me acompaña es la oscuridad, esa terrible compañera que, a la vez, es protectora; sé que estoy en una posición donde no podría defenderme si me tocara hacerlo, aunque me cubre, ella no me ayuda, por el contrario, hace de la espera una terrible tortura.

La angustia de saber que estoy solo y que seguiré así, me desconsuela.

Muevo un poco mis manos buscando algo, no sé qué, alguna cosa que me ayude a pasar el tiempo, y siento en mi muñeca un reloj, volteo mi cabeza hacia la izquierda, subo un poco la manga

Isabela García Mora &
Gustavo Adolfo García Zárate

y veo que es digital, acerco mi otra mano y logro encender una pequeña luz azul que hace evidente la hora, y quiero morir cuando descubro que son solo las 11:35 p.m., eso significa que faltan al menos 5 horas más de oscuridad.

Me quedo quieto, no sé qué pensar, estoy realmente angustiado, la claustrofobia que tengo desde pequeño gracias a mi asma infantil, comienza a aparecer, ¡siento que no puedo respirar!, la sensación de estar encerrado en mí mismo me estresa, quiero mover fuertemente los brazos, pero el dolor en el pecho me lo impide, ahora todo me pica y no me puedo rascar, las botas me aprietan, no puedo respirar, tengo sed, intento humedecer mi paladar y siento de nuevo el sabor a sangre; la ropa me pesa, miro el reloj ¡y han pasado solo 10 minutos!

Cada vez que enciendo la pequeña luz de mi reloj, para ver cuánto llevo en este hueco, me vuelvo paranoico y si miro hacia mi muñeca, no puedo dejar de pensar en qué es más difícil: Sumar las horas que llevo enterrado, o pensar en las horas que me pueden faltar para que este suplicio acabe.

¿Cuánto se demora una persona en morir de hambre o sed? Me pregunto.

La humedad empieza a subir por mi pantalón, y con ella el frío se me mete hasta los huesos, siento la necesidad de calentarme, pero no tengo cómo, y moverme no es fácil; el peso que llevo sobre mi pecho es tan grande que siento que me abraza, que me oprime.

Una pequeña brisa se alcanza a filtrar por la tierra, y llega justo detrás de mis orejas, pareciera que un chorro de agua helada cayera sobre mi nuca, me toco el cartílago encima del lóbulo y creo que se me va a partir en dos, el dolor es impresionante, pero no puedo gritar… sería como llamar a la parca.

Silencio y más silencio…

Pasa el tiempo o, al menos, eso creo, la verdad no es mucho lo que avanza la noche. Intento pensar en mis amigos, pero esto me entristece más y hace de mi soledad algo insostenible, pero, al menos, es algo lindo en medio de mi infierno.

¿Cómo fue que llegué hasta acá? Me pregunto y un halo de melancolía me invade.

¿Qué habré hecho para llegar a estar tirado en esta tumba?

Comienzan a correr lágrimas por mi rostro, pierdo la esperanza, me quiero mover y continúo sin conseguirlo.

¡Mis padres!

Ellos son la razón, no es lo que yo hice, fue lo que ellos dejaron de hacer, me dije.

Los culpo por no haberme brindado jamás la oportunidad de estudiar; él, un borracho que nunca estaba en casa, y ella, una señora que hacía aseo en todas partes, menos en nuestro hogar.

Aprendí a defenderme gracias a ellos, no porque me maltrataran, sino por todas las burlas que, por su culpa, me hicieron en el colegio; casi nunca ganaba una pelea, pero así yo fuera un debilucho, mis rivales recibían algún buen golpe que les hiciera pensar dos veces antes de atacarme de nuevo.

Una tarde, después de clase, me siguieron 4 compañeros y me comenzaron a gritar por algo que yo no había hecho, me arrinconaron frente a una bodega, y ahí, contra una de esas puertas metálicas que se enrollan, me golpearon hasta cansarse. El dolor en las costillas y el sonido de aquella puerta, aún me hacen levantar nervioso en las noches.

De camino a casa, solo pensaba en dos cosas: La primera, era en una frase que había leído alguna vez sobre la historia militar, que defendía la existencia de las armas, en función de que el más débil se pudiera proteger del asedio del más fuerte; y la segunda, era en el castigo que me daría mi papá por dejarme pegar.

Al cabo de un par de semanas, ya me había vengado. Solo con un corte en el brazo a uno con una navaja, y amenazar al resto, fue suficiente. Obviamente, me expulsaron del colegio, y no me quedó otra alternativa que seguir el camino de las armas. El respeto que siempre ha inspirado el ejército me llamaba la atención, eso, y las mujeres que se dejan deslumbrar por la valentía que supone un uniforme.

 Isabela García Mora &
Gustavo Adolfo García Zárate

Es muy poco lo que he vivido por fuera del batallón, realmente nunca tuve mucho contacto con la gente, esta soledad fue la que me trajo a este monte, a luchar por una guerra que no entiendo, por un país que no lo merece y por unos ideales que ya nadie respeta.

Esta soledad, hizo que la onda expansiva de una bomba lanzada desde un avión me tumbara en esta trinchera, ni siquiera creo que sus tripulantes sepan a cuántos han asesinado… solo sé que están esperando el momento indicado para volver a atacar…

Al Despertar

Para Abu.

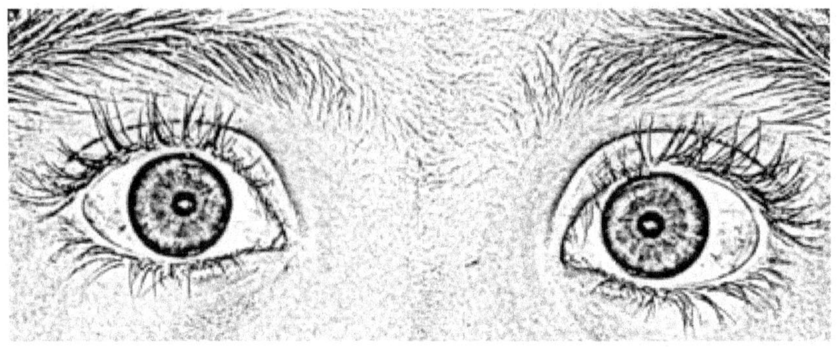

¿Qué me está pasando?

¿Quién soy?

Estoy completamente aturdida, no entiendo la situación en la que me encuentro. Poco a poco, comienzo a ver, pero no enfoco bien, me tomará un tiempo más el salir de las tinieblas.

Cuando por fin comienzo a tener luz en mis ojos, lo primero que veo es a un hombre limpiando, y alcanzo a escuchar algunos niños junto a unos adultos, posiblemente sus padres.

Las imágenes siguen sin ser claras, no sé cuánto tiempo llevo en esta situación y, al pasar las horas, no sé cuántas, posiblemente una eternidad en mi estado, siento como poco a poco, se queda en silencio el lugar en que habito. Apagan las luces y el sonido de las puertas al ser cerradas, se siente a lo lejos.

Aprovecharé para descansar, estoy agotada, me digo.

Un estruendo metálico al abrir las puertas del lugar me despierta, es el mismo señor de ayer, me digo; pero mi primera sensación es de angustia al no poderme mover.

 Isabela García Mora &
Gustavo Adolfo García Zárate

Tengo las manos, el cuello y los pies amarrados, trato de balancearme de un lado a otro, para ver si es posible desatarme, pero no tengo control sobre mi cuerpo y no sé cómo explicarlo, pero algo aprisiona mi cabeza y no me permite ampliar mi campo visual.

Estoy en un lugar alto, si llegara a caer podría lastimarme bastante y más, si no puedo proteger mi rostro al tener todo el cuerpo amarrado.

Trato de buscar a alguien que me pueda explicar qué es este lugar, comienzo a gritar, pero nadie me oye. No sé qué sucede con el imbécil que se la pasa limpiando, pero me ignora completamente. Solo escucho pasos todo el día, gente interactuando, pero nadie se me acerca. Al cabo de un rato, vuelvo a quedar en la oscuridad total.

No sé cuánto tiempo ha pasado, solo sé que ha transcurrido y nadie me ayuda. Cada vez que pasa cerca de mí ese hombre que me ignora, no pierdo la oportunidad para insultarlo, siento que me tortura con su silencio.

¿Por qué no me habla?

¿No es suficiente para él tenerme secuestrada?

¿Me quiere enloquecer?

¡Dame una razón, por favor!, ¡dame una razón!

¿Qué te he hecho?

Otro día, escucho el sonido de la puerta, y aunque trae consigo el dejar las tinieblas, también significa que el desquiciado que me está haciendo esto, regresa al infierno al que me confinó.

Buenos días, Don Bernardo. ¿Ya llegó mi encargo? Dijo una mujer a lo lejos.

Doña Liliana, buenos días. Ya se lo traigo, respondió él de una manera cordial.

¡Ayúdenme! Grito con todas mis fuerzas.

¡Señora ayúdeme por favor! Insisto, pero es en vano.

Escucho unos pasos que se acercan hacia mí, y logro ver la parte superior de su cabeza cubierta de canas. El viejo toma algo de mi lado y se marcha.

¡No me dejes aquí, por favor! Le grito con desesperación, con tristeza, pero no me dirige la palabra.

¿Por qué estaré acá?

¿Qué buscarán de mí?

¿Por qué no me hablan?

¿Estarán esperando el pago de un rescate?

Mi cara se encuentra paralizada y mi cuerpo rígido. Me provoca llorar de la angustia que siento, pero ni siquiera de eso soy capaz. Nuevamente se cierra la puerta y vuelve la oscuridad.

Debo haber hecho algo muy malo.

¡Qué venganza tan cruel!

Pero ¿Por qué no puedo recordar nada?

No sé determinar cuánto tiempo ha pasado, o si es que ya estoy muerta. Me siento muy cansada e intento mantener la conciencia, pero cada vez es más difícil; la desesperanza me hace caer en algo así como un sueño, no soy capaz de reconocer si estoy despierta o dormida, solo el sonido aterrador de esa puerta metálica, me marca el comienzo y el final de un día.

Ocasionalmente, veo a Don Bernardo pasar a mi lado, pero ya no me desgasto en gritarle, ese lunático no me ayudará.

Algo está sucediendo.

¿Será que mi familia, si es que la tengo, por fin me encontró?

Hay sonidos diferentes, están moviendo cajas cerca de mí, debe ser que llegó mi hora de salvación o de muerte, no lo sé, pero espero que sea lo que sea, acabe con esta situación.

Ese maldito viejo está cerca.

¿Qué está buscando?

 Isabela García Mora &
Gustavo Adolfo García Zárate

La dejé por acá, dice mi captor una y otra vez.

¡La encontré! Dijo una segunda voz.

¿Estás seguro? Preguntó Don Bernardo.

¡No hay duda! Dijo el extraño.

Ahora lo podía ver, era un hombre maduro, pero por sus rasgos se nota que había sido guapo. Me miró a los ojos, tocó suavemente mi rostro y dijo con una voz tierna y lastimera: "Creo que por fin ha llegado tu hora, alguien te va a comprar"… El terror invadió mi alma, ¡me habían secuestrado para luego venderme!

Trato de gritar y pedir auxilio, pero la voz no me da, soy una víctima indefensa ante su agresor. No soy capaz de ordenar mis ideas, maldigo mi vida, maldigo a mis captores.

¿Qué será de mí? Me desvanezco.

Por alguna razón, recobro el sentido y no sé cuánto tiempo ha pasado… Me cuesta analizar la situación en la que me encuentro.

Hay luces en el techo, y yo solo puedo pensar en que me han despojado de todos mis órganos. ¿Por qué no me muero? ¿Qué han hecho conmigo?

Siento la voz de una mujer, hablando a lo lejos: "Amor, muévete, que ella ya viene y la va a ver".

¡Maldita zorra! Grito para mis adentros, me deben tener abierta como a un cerdo.

Trato de gritar, de suplicar que me maten, que no me dejen tirada a mi suerte, pero es en vano, no soy capaz, no siento nada…

Repentinamente, siento como enderezan mi cuerpo, y empiezo a ver el lugar en el que me encuentro.

¡Me han robado la oportunidad de vivir!, me digo.

¡Me han robado la oportunidad de morir!, me grito.

Mis ojos de cristal no pudieron soltar las lágrimas que debieron rodar por mi rostro cuando, al ver mi reflejo en un espejo, ¡descubrí que soy una muñeca!

Isabela García Mora &
Gustavo Adolfo García Zárate

Dentro de Mi Ser

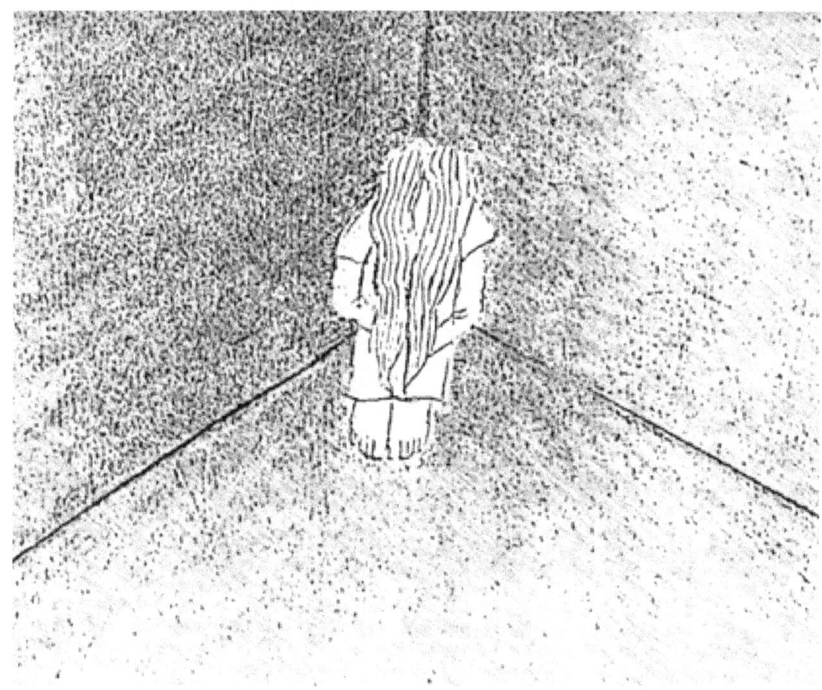

David, te asignaré por este mes al Bloque 15.

Gracias Ángela, responde David visiblemente acongojado.

¡Sabes que eres el mejor! Apóyame este mes, ¡tenemos mucho trabajo por allá!, concluyó mi jefe.

¿Por qué siempre me mandan a ese maldito bloque?, me digo una y otra vez, mientras camino a través del hospital.

Mi sueño siempre fue ser doctor, para eso estudié, me preparé e, incluso, renuncié a disfrutar de mi bachillerato, de mis amigos, todo ello con tal de ser el mejor en el colegio y conseguir una beca que me llevara directo a la facultad de medicina, pero eso no fue suficiente; tuve que competir como cualquier persona por un cupo en la universidad pública.

El día del examen de admisión, me preguntaron cuál sería mi segunda opción, y caí en cuenta de que nunca me lo había preguntado, por lo que respondí de forma instintiva: ¡"Enfermería"!

Supuse que si no pasaba a medicina, lo importante era estar en una facultad relacionada con la salud, y después conseguiría un traslado; lo fundamental era entrar a una universidad que yo pudiera pagar, ¡mi padre ya tenía demasiados compromisos como para pedirle dinero para una educación privada!

Un domingo en la mañana, mientras revisaba el periódico, pude ver mi nombre entre los admitidos, mi mirada de frustración chocaba con la alegría de mi madre.

¡Lo conseguiste! Gritaba mi madre.

¡Eres el mejor! Me abrazaba mi padre.

¡Qué decepción! Pensaba yo, sin salir de mi asombro.

¡Serás todo un enfermero!, decían mis padres mientras dejaban caer lágrimas de orgullo.

Seguiré con el plan… ya estando adentro, buscaré un traslado. Repitiéndome esa idea me consolaba a mí mismo.

El primer día de clases, recibí la mejor lección de mi vida. La decana, en su discurso de bienvenida, comenzó con una contundente frase:

Todos aquellos que están acá sentados porque no pasaron a medicina, ¡que se levanten y se vayan!, dijo con una voz fuerte.

Estaba seria, decidida a encontrar una respuesta del auditorio. Continuó:

La enfermería es servicio, es amor y es respeto.

Es la mejor oportunidad de darle dignidad al hombre en un momento de debilidad.

Su decidida voz y convicción en lo que creía, me cautivaron. Comencé a ver las posibilidades, ayudar, salvar, ¡de eso se trata la medicina! Dignidad… ¡qué hermosa palabra!, cobraba sentido

Isabela García Mora &
Gustavo Adolfo García Zárate

para mí una profesión que menospreciaba, asear a quien no puede hacerlo por sí mismo, darle de comer, y ser el primero en reaccionar si su salud se ve comprometida; ninguna guerra se gana sin soldados, ¡no todos pueden ser el general!

Se me relativizó la vida, siempre he sido un egoísta, pensaba.

¿Para qué quería ser doctor? Me pregunté.

¡Para que me dijeran doctor!, me respondí.

Cursé todas mis materias con las mejores notas, incluso, por mi promedio, hubiera podido solicitar el traslado a medicina, pero ya estaba enamorado, ¡quería servir!

Tuve la oportunidad de escoger entre varias opciones al graduarme, incluso, entidades privadas de mucho prestigio preguntaron por mí, pero el Hospital San Augusto fue el que llamó mi atención.

Era un consorcio Público-Privado que recibía grandes personalidades de la ciudad y, al mismo tiempo, acogía al indigente que nunca había dado un solo peso al sistema de salud.

Precisamente, esa mezcla fue lo que me destruyó, recibía a todos, pero, definitivamente, no los atendía igual.

No es que me haya convertido en un iluso, que cree que podemos llegar a la igualdad social; por mi lado, limpio de igual forma el trasero del rico que del pobre, pero cuando existen alternativas costosas para salvar a quien no tiene cómo conseguirse los recursos, o que no está en un plan de salud "prepagada", se decide no darles la oportunidad de vivir o de llevar con dignidad una enfermedad, así tengan esa posibilidad.

El Bloque 15, hacia donde me dirigía, era uno de esos lugares donde se deja morir a la gente, varios de nosotros en el hospital lo llamábamos "Torre de la Muerte", allá llegaban los que se recuperaban de una disputa entre bandas, inclusive, en un par de ocasiones habían entrado grupos rivales a terminar el trabajo.

También llegaban habitantes de la calle, inmigrantes, los no identificados de un accidente que nadie buscaba y, sobre todo, gente humilde, gente trabajadora, pero sin educación ni buenos trabajos.

Era un lugar con mucho sufrimiento; y no solo por parte del paciente, sino también de las familias. Las salas de espera siempre estaban llenas, la incertidumbre y el dolor se podían sentir desde la puerta.

La Torre de la Muerte fue la que relativizó mi forma de ayudar, y ahora me dirijo de nuevo hacia ella, será un mes difícil, ¡estoy convencido de ello!, me digo mientras camino arrastrando mis chanclas de caucho.

¡Buenos días, David!, dice Antonia en la recepción del Bloque 15. Era una hermosa mujer que cursaba el tercer año de enfermería, y que nos acompañaba en las tardes.

Te asignaron de la habitación 30 a la 39, continuó.

¿Alguna en "especial"? Pregunto.

La 39-B-15. Responde Antonia, indicando el número de la habitación y el bloque correspondiente, como les enseñan en la inducción.

¿Cómo se llama? Pregunto intentando humanizar la respuesta.

¡No lo sabemos! Responde bastante afligida.

Comienzo mi ronda en orden, pensando en dejar por último la 39, y me encuentro con toda clase de tragedias, entre las que sobresalen un enfermo terminal por cáncer de hígado; un accidente laboral que dejó a un hombre con una sola pierna, mientras la familia piensa cómo van a vivir de ahora en adelante; y un niño quemado, a quien se le deben hacer dolorosísimas curaciones… ¡y eso que aún no he llegado a la 39!

Es tanto el sufrimiento que vemos a diario quienes trabajamos en el Bloque 15, que el hospital nos ofrece psicólogos y sacerdotes para que podamos canalizar ese dolor. Desde hace un par de años, yo prefiero un buen whisky.

 Isabela García Mora &
Gustavo Adolfo García Zárate

Al entrar a la habitación 39, lo primero que viene a mí, es un hedor completamente nauseabundo, se nota que hace rato no asean a este pobre hombre, pensé.

Miro su historial y encuentro que había ingresado a la "Torre" hace tres meses, después de estar un mes en cuidados intensivos. Llegó por urgencias, al sufrir en el centro de la ciudad una especie de ataque epiléptico; lo más seguro es que mientras convulsionaba se golpeó la cabeza, no reacciona. Sin Familia. Sin Nombre. Concluye el reporte.

Para soportar el olor, abro las ventanas y pido que cambien las cortinas, las sábanas, ¡Cambien todo lo que puedan!

Lo aseo, lo afeito e, incluso, lo peino y exijo que lo comiencen a llamar "Don Blas", por haberlo conocido el día de ese santo.

¿Por qué lo haces? Me pregunta Antonia.

¿Qué? Respondo, sabiendo lo que ella iba a contestar.

Ponerle un nombre e incomodar al personal del hospital por un desconocido. ¿Sabes que no le dan mucho tiempo de vida? Dice Antonia, mientras me mira con curiosidad.

Sí. Sé que no está respondiendo bien a los tratamientos, digo sin responder a la primera afirmación.

¡Será un mes con mucho whisky!, pienso...

Luego de 15 días entre mis 10 pacientes, aún no decido qué es lo que me quita el sueño; si son los gritos del niño al arrancarle la piel muerta, o los gritos de dolor del paciente con cáncer, o el llanto de la esposa al mirar su marido inválido, o el silencio de Don Blas, quien solo está ahí, medio respirando, a veces me toca acercarme para sentirle el aliento.

¡Luces terrible! Me dice Antonia.

¡Buenos días! Le respondo de forma irónica, mientras tomo rápidamente el reporte del enfermero que hizo la ronda de la noche para que no me sienta el olor del alcohol, que hasta hace un par de horas estaba tomando.

¡Si supiera que no he dormido, me reportaría!, pienso mientras me alejo.

Sin que nadie me vea, cambio mi rutina, visito primero a Don Blas y lo saludo, mientras le inyecto un coctel de drogas que sé que serán indetectables, ya lo he hecho muchas veces, y a esta clase de pacientes, nadie los analiza.

Salgo de la habitación y comienzo la ronda con el paciente de la 30-B-15. Espero que nadie me haya visto cuando entré en la 39, igual soy su único visitante, no es tan raro que pase a verlo, me digo.

Para cuando regrese a la habitación de mi pobre amigo, él ya debería estar muerto, debo parecer sorprendido, así que ¡enfócate en tus tareas!, nadie debe notar nada extraño en ti mientras llegas a verlo; ya sabes el procedimiento, conoces las rutinas, no es la primera vez que le doy la dignidad a un ser humano, y le ayudo a que su sufrimiento acabe, me digo una y otra vez.

Hoy podré dormir tranquilo, solo un trago para honrar a Don Blas. ¡Pobre hombre!, solo era un número, un costo para el Estado y para el hospital; sin mí, lo hubiera visitado la muerte en la inmundicia en que lo encontré. ¡Le di una muerte digna!, concluí.

***

¡Doctor Hugo Jiménez a la 40-B-8!, dicen por el altavoz.

¡Doctor Hugo Jiménez a la 40-B-8!, insistían.

¿Ángela, qué pasa? Pregunto.

¡Algo terrible!, me responde.

Pocos días después de que te fueras para la Torre de la Muerte, hubo un accidente no muy lejos de aquí, una joven llamada Paula se cayó de un caballo y, desde entonces, ha estado luchando con la muerte; si no fuera por lo desfigurado que tenía el rostro debido al golpe que se dio contra el suelo, podrías suponer cuán hermosa debió ser, a mí me tocó recibirla, dijo Ángela.

 Isabela García Mora &
Gustavo Adolfo García Zárate

Tiene unas largas piernas y seguro hace aeróbicos o crossfit, porque las tiene bien trabajadas, bueno, al menos se puede ver eso en una de ellas, porque la otra la tiene completamente destrozada por el peso del caballo que al dar una vuelta de campana, cayó sobre la pobre mujer.

Después de 12 traumáticas horas para la familia, el equipo de cirujanos le salvó la vida, bueno, no está muerta, pero ahora es una masa de huesos y carne en un coma inducido, envuelto en gasa como una momia, y la pierna llena de tornillos.

Si quieres descansar de la Torre, puedo asignarte al Bloque 8 y, de paso, me ayudas con Paula. ¿Te gustaría? Dijo Ángela.

Lo que decidas, respondí.

La verdad, sí necesitaba un descanso, se nota la diferencia entre los bloques, la gente es refinada. Incluso, hay muchos más doctores; la gran mayoría de ellos, pacientemente, se detienen a conversar con los influyentes familiares que se encuentran en las salas de espera.

Efectivamente, dentro de mi ronda estaba Paula. Doña Marta, su madre, había traído un portarretratos en el que estaba una foto de su hija en una fiesta, en ella, usaba un largo vestido rojo y la espalda descubierta, dejando ver su trabajo en el gimnasio, fuertes hombros y brazos; tenía el cabello recogido y una sonrisa hermosa. Ella consistentemente rezaba y le pedía a Dios que se la devolviera así, sana, fuerte y feliz, como era antes de esa fatídica tarde. ¡Ciertamente, era muy atractiva!

Sin darme cuenta, me fui ganando a la familia, solo hacía mi trabajo, y eso me aseguró una larga estadía en el Bloque 8; era común ver a Doña Marta hablar con Ángela para pedirle que no me cambiara.

La aseaba con un amor y un respeto inimaginable, no sabía nada de ella, lo poco que había escuchado de su familia es que estaba estudiando publicidad en una prestigiosa universidad y que, después de algunos meses de estar en la clínica, el desgraciado de su novio ahora sale con su mejor amiga; ¡muy conveniente se han acompañado!, se han consolado mutuamente ante la ausencia de Paula…

Es una familia bastante educada, y se ha ido ganando el cariño de todos en el Bloque 8. Doña Marta viene todos los días e, incluso, de vez en cuando me trae el almuerzo.

Luego de casi un año de cuidados, hoy empezará el segundo intento de sacarla del coma; ya lo habían hecho a los tres meses del accidente. Comenzaron disminuyendo el medicamento que la mantenía en ese estado, es un proceso que lleva tiempo, y al cuerpo le cuesta eliminar la droga, pero reaccionó bastante mal, lo único que consiguieron fue que abriera un poco los párpados. ¡Solo hasta ahora se atreven a intentarlo de nuevo!

Todo el bloque está a la expectativa, en tanto tiempo juntos se ha creado una cercanía, especialmente, con su madre y su hermano, porque ya nadie más viene a visitarla, ni siquiera el padre, quien hace lo imposible por conseguir dinero para pagar las altas cuentas del hospital; y como ahora su esposa no trabaja, al haber tenido que renunciar a su carrera para cuidar de su hija, las deudas no dejan de crecer.

Antes solían venir sus amigos y familiares que veían en ella solo un espectáculo, un tema de conversación ante los demás, mientras se sentían buenos al decir: "Yo sí estuve con Paula".

Las visitas comenzaron a disminuir, después del altercado que tuvieron familiares y amigos dentro de la habitación. En el momento en que la gente escuchó que había abierto los ojos por un instante, todos gozaban de una gran expectativa, y ninguno se quería perder el instante en que despertara, ¡sería todo un acontecimiento!

Un sábado en la tarde, mientras hacía la ronda, Don José, hermano de Doña Marta, a quien a leguas se le notaba que había tomado más que un par de cervezas, como él mismo lo decía, no paraba de llorar dentro de la habitación.

 Isabela García Mora &
Gustavo Adolfo García Zárate

En ese momento, Miguel, el novio de Paula, llegó pidiendo respeto por su "amada pareja", y que no se dieran esos espectáculos delante de ella.

Es mejor dar los espectáculos en la calle. ¿No? Preguntó Don José.

¿A qué te refieres? Respondió Miguel.

A tus besos con Lina, la "amiga" de Paula, afirmaba el tío, mientras se ponía en pie y era claro para todos que lo estaba retando.

¿De qué hablas, viejo borracho? Dijo el novio mientas miraba a su alrededor.

Mi hija estudia en tu universidad, imbécil. ¡Todos te han visto!

¿Eso es cierto? Preguntó Doña Marta.

¡Qué le van a creer a este alcohólico! Intentaba decir Miguel, justo cuando su cuñado, acertó un golpe directo en su ojo.

¡A mi familia la respetas! Le gritaba Santiago a quien ahora yacía en el piso.

Mientras caía, Miguel procuró apoyarse en José, quien rápidamente perdió el equilibrio, e intentándose sostener, haló el soporte del suero intravenoso de la paciente y, en su caída, quebró la aguja que estaba inserta en el antebrazo de Paula, brotando así de ella un hilo constante de sangre, que su madre sintió salir de su corazón.

La sorpresa que se llevaron los asistentes a esta escena fue mayor, cuando el silencio de Paula se mantuvo, no reaccionó. Fue como ver sangrar a un muerto.

Después de controlar el sangrado de la paciente, saqué a Miguel de la habitación. Al estar solo con él en el pasillo, le pedí, en un tono bastante amenazante, mientras apretaba sus hombros que, por favor, no volviera.

Obviamente, el novio nunca regresó, mucho menos Lina. Al final, Doña Marta, optó por restringir las visitas.

***

¡Ayúdenme!

¡Mi pierna!

¡Me duele!

¡Me quema!

¿Por qué nadie me oye?

¡Doctor míreme!

¿Cómo está mi caballo?

¡Respóndame!

¿Qué está pasando?

¿Por qué hay tanta sangre?

¡Qué mal sueño he tenido! Definitivamente, no me puedo quedar en la cama por tanto tiempo, bien lo dice mi papá: "Paula, ¡es el colmo que malgastes tu juventud durmiendo!"

¿Por qué no puedo abrir mis ojos?

No son solo mis ojos, ¡no me puedo mover!

¡Dios! ¿Qué está sucediendo?

Ahhh, ¡Señor, estoy ciega!

Definitivamente, no entiendo qué es lo que pasa, ¿Me estaré enloqueciendo? Respira profundo Paula. Cálmate y analiza la situación.

Recuerdo que estaba montando a caballo, a mi hermoso Canelo en la finca de mi papá. Estaba cerca de los sembradíos de maíz cuando perdí el control; creo que Canelo se desbocó al ver a una serpiente, o algo que lo haya asustado mucho.

¡Piensa Paula… piensa!, ¡tú puedes! Me digo.

Canelo resbaló al entrar demasiado rápido en un desnivel y caímos de lado. Sentí un gran dolor en mi pierna y pude ver sus patas en el aire. Mientras me soltaba de los estribos, rodé por el suelo y golpeé mi rostro. ¡No puedo recordar nada más!, solo sé que ahí comenzó este mal sueño.

¡Espero que no me hayan quedado cicatrices en mi rostro!, lo más seguro es que esté un poco dopada en el hospital mientras ponen el yeso en mi pierna, el dolor fue muy fuerte y estoy convencida de que me la quebré.

¿Mamá?

¿Estás ahí?

¿Por qué duermo tanto?

No puedo ni ver ni oír nada.

¡Me siento sola!

¡Que alguien me hable, por favor!

No me dejen acá tan sola.

¿Qué me están haciendo?

¿Será que estoy muerta?

¡Peor!, ¿Será que me enterraron viva?

¡La oscuridad me agobia!, quisiera correr, pero no puedo; es como si estuviera amarrada pero sin sentir las sogas. Se me dificulta respirar, como cuando era pequeña y jugábamos a cruzar toda la piscina por debajo de la superficie, pero el otro lado se hacía cada vez más lejos, sin poder respirar y ya sin fuerzas, la angustia y la presión del agua que no te dejan mover los brazos, te hacen añorar el momento en que toques el muro, y puedas sacar tu cabeza para recibir el aire.

No sé si tengo los ojos cerrados o abiertos, es como si me hubieran metido dentro de un tubo, ni siquiera sé si estoy respirando o no, esto deben sentirlo los claustrofóbicos.

¿Miguel?

¿Eres tú?

¡Te puedo oír!

¡Estoy acá!

¡Ayúdame!

¿Por qué lloras?

¿Quién es el Doctor Hugo Jiménez?

¿A qué se refiere con que estoy en coma?

¿Papá? ¿Santi? ¿Mamá? ¿Lina?

¡Todos están conmigo!

¿Por qué nadie me oye?

¿Qué significa el coma?

¿Estoy muerta? ¿Voy a morir?

¿Qué será de mi familia?

¿Mis amigos?

¿Miguel?

¡Todos nuestros sueños! ¿Qué pasará con ellos?

La agencia de publicidad que queríamos abrir, ¿Con quién lo harás?

Siento que me he vuelto a dormir, creo que si me concentro puedo escucharlos mejor; ya, inclusive, hay unas voces nuevas que puedo reconocer. Está el Doctor Hugo Jiménez y también un tal David, creo que es el enfermero que me habla seguido y consuela a mi mamá.

Santi usualmente discute con mi madre porque él no me habla… ¡Ay mami!, tú siempre intentando que mi hermano esté con nosotras y nos cuente sus cosas… Me sonrío.

¿Será que pueden ver que intento mantenerme alegre?

Miguel y Lina vienen seguido, me alegra que puedan acompañarse, no debe ser fácil para ellos no verme en la universidad. Siempre estábamos juntos haciendo los trabajos, y en las discotecas, ¡han sido lo mejor que me ha pasado fuera de

 Isabela García Mora &
Gustavo Adolfo García Zárate

mi familia!, claro está. Debo agradecerles apenas despierte, ¡son muy importantes para mí!

Recuerdo que a Lina le gustaba mucho Miguel, incluso, fue ella la que se le presentó en la cafetería de la universidad mientras cursábamos el segundo semestre, pero él siempre me dijo que yo fui quien lo flechó; al principio, mi amiga no lo tomó bien, pero, poco a poco, lo aceptó.

Últimamente, viene más seguido el Doctor Jiménez con su equipo, sé que me están intentando reanimar y se los agradezco, pero el dolor que me invade cada vez es más fuerte.

No siento las piernas, tampoco mis brazos; pero sí el dolor… no sé dónde… no sé cómo… ¡pero es impresionante!

¡Ayúdenme!

¡Sáquenme de aquí!

¡Me quiero morir!

¡No soporto el dolor!

¿Mamá?

¿Eres tú?

¡Sí!

Claro que sí, estás delgada, ¡pero eres tú!

Ese debe ser David.

Si me puedes escuchar, ¡muchas gracias por todo!

Sí, estoy acá, ya me vieron, ¡ahí vienen!

Los puedo ver, después de tanto tiempo puedo ver a alguien, ¡realmente es emocionante!

Regresa el dolor… ¡ayúdenme rápido!

Todo se oscurece de nuevo, ¡por favor, no me dejen dormir!

Me debo haber quedado dormida de nuevo, ¡estuve tan cerca!, pero ya sé qué hacer para despertarme, ¡tengo que estar concentrada!

Hoy los puedo escuchar a todos.

Son muchos, y no logro entender bien de qué hablan.

Mi tío está acá.

No para de llorar, ¿será que no se puede callar?

Pobre hombre, ¿no hay quien lo pueda consolar?

Siento que me sonrío de nuevo.

¿Miguel? ¿Por qué discutes?

¿Qué está pasando?

¿Miguel y Lina?

¡Nooooo!

He perdido dos de mis principales razones para despertar, el único hombre al que he amado y mi mejor amiga.

¡Zorra!

***

Doña Marta, déjeme decirle que Paula está estable, su organismo cada vez tiene menos medicamento y sigue reaccionando bien, le dijo el Doctor.

¡Muchas gracias, Doctor Jiménez!, respondió.

A ti también, David. ¡Has sido súper importante para nosotros!

Es con mucho gusto, respondí.

Es nuestro segundo intento por despertarla, continuó hablando el doctor, y creo que vamos por buen camino, pero debo explicarle algo, ¿Prefiere que esperemos a su esposo?

Está bien, concluyó Doña Marta.

Normalmente, esta clase de noticias las da solo el doctor a la familia, pero dada mi cercanía con ellos, me pidieron que los acompañara en este difícil momento.

Cuando llegaron el papá y el hermano de Paula, comenzó el doctor a hablar, ellos permanecían inmóviles y, poco a poco,

Isabela García Mora &
Gustavo Adolfo García Zárate

comenzaron a correr lágrimas sobre sus mejillas, pero permanecían callados, se tomaban de las manos, estaban defraudados… ¡Tanto esfuerzo y sufrimiento sin recompensa! Finalmente, su esperanza se quebró.

El escenario base, es que vuelva a pasar lo que sucedió en el primer intento: Una pequeña reacción, luego la inconsciencia de nuevo; y tendríamos que comenzar el proceso otra vez, sin saber cuánto tiempo nos podría tomar.

Lo más difícil de asimilar para todos es lo siguiente: Paula ya lleva demasiado tiempo en coma, lo que podemos esperar es que ya exista un daño irreversible en su cerebro y debemos afrontarlo…

La posibilidad de que Paula fuera de nuevo aquella chica del portarretratos, es casi nula… hay una muy pequeña probabilidad de que tenga solo "algunas" limitaciones en la comunicación, en la memoria y en la movilidad. En el peor de los casos, podría permanecer en un estado "casi" vegetativo, lo que algunos médicos llaman: Un "bajo despertar" casi sin conciencia, con algunas respuestas cuando se siente incómoda. Solo a veces, podrá parecer que los reconoce e, incluso, intentará comunicarse y difícilmente lo logrará.

Pude ver sus almas a través de sus ojos, ¡no era justo con ellos, no era justo con Paula!.. Era el momento de ayudarlos, independientemente de los resultados.

El Doctor Jiménez, comenzó con uno de los pasos más arriesgados, desconectarla del respirador mecánico. Ante todo pronóstico, sus pulmones reaccionaron bien y una bocanada de aire, infló su pecho mientras, milagrosamente, sus ojos se abrieron.

¿Qué está sucediendo?

¡Hay un rayo de luz nuevamente!

Puedo ver algo, pero me duelen los ojos.

¡Puedo sentir mis ojos!

Aunque me duelen, es lo primero que siento en mucho tiempo.

¿Mamá?

¿David?

¿Son ustedes, cierto?

¡Estoy despierta! Pensó Paula.

¿Será que nos puede ver? Preguntó Doña Marta.

Puede ser un reflejo, dijo el Doctor Jiménez.

Estoy acá, los puedo ver, sigo sin sentir mi cuerpo, pero los veo, ¡los veo!

¡Es un día súper importante para nuestra familia!, dijo visiblemente emocionado el papá, mientras corría hacia el pasillo con su celular en las manos.

Todo se empieza a oscurecer de nuevo.

¡Noooo!

¡Por favor, Dios! ¡No me hagas esto! Gritaba Paula en su interior.

¿Por qué Paula cierra nuevamente sus ojos? Preguntó angustiada Doña Marta.

Es un proceso lento, respondí.

¡Tranquilos!, lo que hemos conseguido hoy es importantísimo. Reaccionaron sus pulmones y abrió los ojos, continuó el Doctor.

¡Aún los oigo! Pensaba Paula.

¡Dios, gracias! Aún los oigo.

¡Gracias Doctor, gracias David!, decía Santiago mientras estrechaba nuestras manos.

Lloraron, se abrazaron, se felicitaron y, sobre todo, agradecieron al cielo y al personal del hospital, era como si estuvieran despertando todos al mismo tiempo de una larga pesadilla.

¿Qué piensas, Doctor? Le pregunté cuando estuvimos a solas.

Isabela García Mora &
Gustavo Adolfo García Zárate

En lo que les mencioné anteriormente… me respondió.

¿Se recuperará? Pregunté.

¡No lo creo, solo es un reflejo!, respondió.

¿Cómo puede estar tan seguro? Lo cuestioné.

¡Porque yo soy el Doctor! Respondió bastante molesto.

Por favor, no les des esperanzas, continuó… ¡su sufrimiento aún no ha empezado!

¡Sí, señor! Respondí mientras apretaba mis dientes.

Al día siguiente, al comenzar mi ronda, pasé por la habitación de Paula, preparé el coctel de drogas, y me tomé unos segundos para mirarla y despedirme…

Si me escuchas, debes saber que he aprendido a quererte… ¡tu madre es asombrosa!, le dije.

Esperaba poder conocerte, contarte lo difícil que ha sido trabajar en este lugar y, ¿por qué no?, de pronto invitarte un whisky.

¿Quién me habla? Pensó Paula.

Creo que nunca podré conocer a la chica de la foto, le dije, mientras miraba el portarretratos…

¡Buenos días, David! Es un gran día. Pensó Paula.

¡Eres una guerrera, todos te amamos!, le dije.

Todo este tiempo me has cuidado, y te has ocupado de mí. Se decía Paula en su interior.

Solo es un reflejo… como dijo el doctor... Me lamenté en voz alta.

Es un proceso… fue lo que dijo… por favor no pierdas la esperanza… ¡Estoy lista para luchar y te necesito!, pensó Paula

¡Me vas a hacer falta!, dije.

David, ¿Por qué estás tan triste?, pensó Paula.

Me debo apresurar… debo hacerlo antes de que lleguen tus padres.

¿Qué estás haciendo? Pensó Paula.

Tranquila… ¡no vas a sentir nada!

Me estás asustando…

Este medicamento te va a ayudar… Le digo mientras saco el coctel.

¡A esta hora no me debes dar ninguna medicina y lo sabes! ¿Qué está pasando?

Todos estarán bien… ¡no te preocupes!

Mientras le inyectaba el catéter, abrió nuevamente sus ojos, y esta vez, parpadeaba, ¡estoy seguro de que me estaba mirando!

¡Ayúdame! Susurró.

¡Paula habló!

¡Ella me habló!

¿Qué quisiste decir con ese ayúdame? Sabes que te estoy ayudando… ¡no me lo tienes que agradecer!, le dije.

¡Tengo miedo! ¿De qué estás hablando? Pensó Paula.

¡Tranquila! en un par de minutos estarás descansando… le dije.

¡No me quiero morir! Grita Paula en su interior.

¡Mírate, Paula!, incluso una lágrima ahora recorre tu rostro. ¡Lo habrían tomado como un gran avance!

He llegado muy lejos, ¡no me he enloquecido! ¡Sigo aquí! ¡Sigo aquí! No me mates, por favor…

Estoy seguro de que estás orgullosa de mí, nadie más hubiera sido capaz de tomar esta decisión.

¡No lo hagas, por favor!, quiero volver a abrazar a mi hermano, decirle a Canelo que no tuvo la culpa, y recompensar a mi padre por todo su esfuerzo.

　Isabela García Mora &
Gustavo Adolfo García Zárate

Tranquila… no te dolerá...

¡Mientes! Me estás torturando, ¡por fin siento todo mi cuerpo y se está quemando por dentro!

¡Descansa querida Paula!

Todo se torna oscuro, no quiero morir, lo hubiera conseguido, estoy segura de que hubiera podido volver a abrazar a mi madre…

***

Han transcurrido ya algunos meses desde que Paula nos dejó… Doña Marta a veces pasa a saludarnos y me trae el almuerzo, creo que, en su interior, espera ver a su hija caminando por el hospital.

Yo, por mi lado, me prometí no volver a dejar que una familia sufriera de esa forma, ¡no estoy dispuesto a que pase tanto tiempo sin "ayudarlos"!

Un Domingo Cualquiera

"El Bicho", ¡así me dicen en este pueblo de mierda! Y no precisamente en el contexto que se lo dicen a Cristiano Ronaldo, donde exaltan su fuerza y liderazgo. Yo, simplemente, soy el "Bicho Raro".

Me he esforzado bastante para conseguir ser el primero de mi familia con un título profesional, mis padres me han dado todo lo que han podido, pero, lastimosamente para mis pretensiones, no ha sido suficiente.

En mi barrio, había algunas opciones "no santas" para salir adelante, y algunos de mis primos habían optado por ellas. Gracias a esto, somos una de las familias más temidas de la

     Isabela García Mora &
Gustavo Adolfo García Zárate

ciudad y, desde hace ya muchos años, me presento como Tomás… Así… Sin apellido, sin familia.

Mis padres no tenían cómo pagarme una universidad, y para mí, conseguir un trabajo con los antecedentes de mis familiares, no era una tarea fácil; por eso opté por buscar una beca en este pueblo, lejos de mi ciudad y de mi pasado…

¡No fue sencillo ganarme un puesto entre los becados!, fue un proceso largo, y siempre existe la tentación de quedar bien, pero eso va en contra de la ética, ¡debes ser tú mismo y confiar en lo que sabes!

Esa fue la forma en la que llegué a Santa Dolores. Es un pueblo sencillo, que vive principalmente de los estudiantes de la universidad y del turismo. Lo visitan, especialmente, durante el año escolar y algunas fiestas religiosas.

Como la mitad de sus habitantes eran los jóvenes estudiantes, fue escogido por una cadena de parques de diversiones como una de sus sedes. ¡La estrategia era perfecta! Mientras los alumnos estaban en la universidad, visitaban sus juegos mecánicos y, durante las vacaciones, el pueblo recibía a personas del resto del país, quienes estaban en búsqueda de emociones fuertes.

La beca cubría el valor de la matrícula, solo debía tener un buen promedio, y con eso mantendría la posibilidad de seguir el siguiente semestre; pero de algo tenía que vivir, así que, prácticamente, desde que llegué a Santa Dolores, trabajo en el parque.

¡Fue lo máximo!, me permitió conocer a muchas personas, entre ellas a algunas de las más hermosas mujeres de la universidad, aunque la gran mayoría de las veces me dieron números falsos, la verdad no me importó mucho, me divertía estar en medio de ese ambiente. Al menos, al principio era feliz… Las cosas cambiaron mucho cuando empecé a ser el "Bicho".

Las chicas que me coqueteaban para entrar gratis en la atracción que manejaba, se reían de mí en la universidad y, peor aún, lo hacían delante de sus novios.

En un par de ocasiones, aquellas mujeres me dieron el número de sus parejas quienes, obviamente, luego de hacerme quedar en ridículo, comenzaron a amenazarme y a tratarme como a un bicho raro, al que nadie se debía acercar.

Ya era bastante duro el estar alejado de mi familia, y el tener que trabajar todas las noches y los fines de semana, como para que ahora nadie me hablara…

Lo que antes fue una bendición, ahora es un suplicio, un trabajo completamente monótono y embrutecedor. Casi siempre hay bastante gente, por lo que estudiar o leer algún libro es casi imposible de lograr, puesto que tengo que estar pendiente de que no se salten su puesto en la fila, resolver uno que otro incidente porque no falta el "vivo" que intente tomar ventaja de quien se distrae, pelear con más de un papá porque su niño no tiene la estatura indicada, y parar cada 3 minutos para desabrochar el cinturón de seguridad.

También debo indicar la salida, buscar la billetera, las gafas, las monedas o el reloj de alguien que no siguió las instrucciones, y perdió sus pertenencias en la atracción. Incluso, una vez me tocó buscar un ojo de vidrio que se salió de su cuenca, mientras la montaña rusa daba uno de sus veloces giros.

¡Eso no era todo!, también tenía que lidiar con el mal genio de alguna familia, que insistiera en estar toda junta, a pesar de que no hubiese suficientes puestos, o conservar juntos a la pareja de novios que, por su peso, no pueden estar en el mismo coche.

Una vez, un grupo de compañeras de la facultad, quienes estaban bastante borrachas, querían ingresar a la atracción y, a pesar de que les recomendé muchas veces que no lo hicieran, terminaron culpándome cuando, luego de la tercera curva, todas comenzaron a vomitar. Al verlas bajar, todos en el parque se reían de ellas, mientras yo solo pensaba en el desastre que debía ser limpiado.

Ya han pasado varios semestres desde que sucedió ese incidente, y todavía aquellas chicas me insultan, tanto en la universidad como en el parque. No muchas personas me hablan para no ser blanco de sus burlas, ni de sus bromas pesadas.

Soy el bicho raro que ahora come solo en la cafetería, que nunca tiene tiempo para socializar y, que, si lo tuviera, no tendría con quién.

Odio mi vida, pero volver a mi barrio es una opción que no quiero tomar, aún me queda todo un año para acabar la carrera. He pensado en morir varias veces, y creo que va llegando el momento de que mi suplicio acabe.

Solo me queda una cosa por hacer en mi vida, algo de lo que mis primos estarían orgullosos: Un domingo cualquiera, cuando mis compañeras regresen al parque y quieran entrar gratis a la montaña rusa, ¡me aseguraré de que tengan el último y más emocionante viaje de sus vidas!